森へ

岩成達也

思潮社

森へ

岩成達也

思潮社

装幀　清岡秀哉

目次

森へ

浮島

プロローグ

風が縞をなして光を運んでいる　二月の初旬　大気は切れるように私には冷たい　そのようななか　橋のなかほどに立ちどまり　今日も流れるともなく流れている水の動きを　私はみつめている　川はこのあたりで大きく迂廻し　そのせいか　岸辺近くでは流れは淀み　一面に葦の群れが立ち枯れている　まわりにはほとんど大きく高い構築物はない　荒涼とした広がりのなか　振り向けば遠く六甲の山並みが蒼い翳のように揺らぎ　前方を緩やかに迂廻する流れのはるか先　茜色の薄靄のなか　思いもかけぬ超高層の幻が　四つか五つ霞んでいる　だが　私がいまみているのは　そのような時間の移ろいではない——　前方を迂廻する流れのなか　次の橋の少し手前に　今日も浮島がある　長い間私はそれに気づかなかった　だが　一度びそれに捉われると　引き返してでもそ

こに立つよう強いられてくる　小さい浮島　枝をひろげた木は一つしかなく残る数本は　木というよりは　背の低い灌木ばかり　そして　それらを除けば島一面が名も知らぬ短い草々に覆われている　私はそこで草花をみた記憶はない　ただ　奇妙なことにそのような小さい浮島でもいり組んだ入江のようなものは三つほどもあって　その一つは灌木の向こう側にまで入り込み　ここからは　みえなくなっていたりする　そのうえ　この時刻　浮島のあたりだけが茜色の色調に少しばかりの変異が生じているのが常だった……　ある日（それもいまとなってはいつのことだったか憶えていない）　浮島が灰色の　コロナの滲んでいる　つむじ風のような翳に摑まれているのをみた　いや　摑まれているのではなく　風の五つの関節が浮島全体を包むように添えられていて　手頸から上の筋は　捩れながら塵のように　彼方へと消えはじめていた

（しかし　あれはいったい何だったのか　例えば　あれは主の自己無化《ケノーシス》　それとも　それが私にひき起こすそれへの応答　いずれにしても　そのような渦巻く想いの翳が　あの日　私に臨み　おそらくは　いまなおそこに留《とど》まっているとするなら……そして　私にひき起こされた事態が「私」という個における超越論《トランスツェンデンタール》*的なありようだと仮に言うことが許されるとすれば……内質も意

味も隔絶のきわみにありながら　何故か　いや「何故なし」に　軌跡としては
逆同型をなしているこの二つの　揺れる動き……しかも　それが浮島において
交差し重なるかにみえるということ……私は知りたいのです　これが私に予示
しているのが　本当は　「何」であるのかという　そのことを）

森からの手紙

真夜中——多分、真夜中だろう。不意に私は目覚める。闇の中で。だが、この闇は何故か私の慣れ親しんだ闇ではない。いや、そうではないだろう。私達に慣れ親しむ闇などというものはない。そうではなくて、おそらくはごく僅かな異和の感じ——そうだ、わたしはまたここにきたのだ。山裾に拡がる森の中に、森の中のとある片隅にたつ山小屋の中に。木と闇の微かなにおい。だが、私の右耳の奥の渦、おそらくは漆黒の闇の渦は、この森の中ではいつもより一段とその狂暴さを増しているかのようだ。まるで行き場のない暴風雨。その呻く声に聴きいるだけで、真直に立っていられないほどの。どうしたのだ渦よ、何故今夜はそれほどまでに荒れ狂うのだ。私は耐えかねて、闇の中を手探りで台所まで行き、一杯か二杯水を飲み、再びのろのろと寝台に戻ってくる。そして、寝台の端に座ったまま、闇の不安が、その波打ちが、少しずつ鎮まるのを、その姿勢で待っている。

ここへ来る前に読んでいた本[*1]によると、視聴覚と触覚の順位には考え方に一つの流れがあり、長い間視聴覚……触覚とされていた共通感覚の中でその順位が、ここへきて逆転し、触覚――とはいえこれは広義の触覚（キネステーゼを含む体感）のことだろうが――が優位を占める見方が強くなってきているようだ。そういえば、私が「在る」とか「在らない」とかを判断する「場」（たぶん、この場合の場はコーラではなくトポスに近いだろう）は、広義の触覚場を除いてはどこにもないのではなかろうか。つまり、「在る」というのは、おそらくは視聴覚的な「概念」ではない。現に、ふと思いたって、「在る」とは形相なのか質料なのかときいてみたとき、ある神父様は容易には答えられないが絞りに絞れば形相と言わざるを得ないでしょう、と言われた。また、別の神父様は端的に「forma materiarum」とメモに書いて私に下さった。いずれにしても、「在る」には「質料」もたっぷりと染み込んでいるということだろう。何故このようなことに私がこだわるのかといえば、絶対者とのディスクールにおいては、「私」は砕け散るほかはないのだが、その「事実／事態」を知る（受けとる）ためにも、広義触覚の記憶／残影というものは断絶しつつ持続するのでなければなるまい、と思うからだ。そして、もしこれが本当なら、私の受洗による一回目の「死」のとき、つまりは「受肉」の傍らを通過したときにも、みることや聞くことは歪み、消えたかもしれないが、手の想いだけは残る――というか、むしろ、そこを通過し得たのは、実質的には手の想いだけだったのではないか、と思うのだ。それ故に、多分、そこを通過してから後も、認識は歪み、方向性は逆転する（認識者から被認識者へと）かもしれないが、「認識する」という営為の残骸は残り、私の「生きた肉《シエール》」が続く限り、私／私の知は認識に係わることを失わない。つまり、「それにもかかわらず」、認識＝私／私の知というありようは、ひとまずは継続し――むしろ「地平の融合」*2によって拡大深化するとさえ私には思えるのだ。おそらくは、対面性の主軸に沿ってひたすらに引きあげられ、御声のリソナンスのただなかに入るのは――それが生起するとしても――私の第二の「死」、私の「生きた肉」の解体のあとの出来ごとであるに違いない。勿論、第一の「死」を、その後背に常に深々と背負っているに違いないとしても。

またしても眠っていたようだ。この頃は寝台に横になると白昼でもすぐに眠ってしまう。小一時間ほどだが。いま、窓の外は明るく暗い。ウッド・デッキも濡れている。だが、樹々は前のままの姿勢でそこにあり、梢も葉末の群れも少し翳のある緑色に重なりながら、じっとそこに開いている。おそらくは小雨が通り過ぎたのだろう。台所の横を流れる小川の音が僅かにその嵩を増している。そして、私の右耳の奥には今度は水の滴りのような音が甦ってくる。水の下垂り。それも、岩窟の中一面に滲み滴る闇の音だ。かつて『死者の書』で「したしたした」と書かれていたあの音。死者達が目覚めるときに聴く音にそれは似ている。まもなくその音はいま少し内耳の奥に広がって、何か私の知らない小さいもの達の、いやそのもの達の闇が唄う低い響きに変るだろう。午後も五時に近いので、樹々は裾の方が、さきほどよりも少しだけ濃い薄闇に浸されている。思いたって入口の扉を開けると、再び小雨が落ちはじめている。白樺の病葉《わくらば》が、一つまた一つと枝を離れて舞い落ちる。このような夕刻には、森は、たちまちにして夜の濡れた闇の中へと沈み込むのだ。

三篇の「セシリア」を書いて以降、私のいまある「地平」は常にたえずあの「セシリアの地平」へと戻って行く。あたかもカトリック思考が二千年前に唯一度生起したナザレのイエズスという「事実／事態」へと常に戻りつつ展《ひら》かれてきたように、私の思考もあれ以降、いつでも、「そのとき」唯一度生起した「セシリアの地平（地平のずれ）」へと戻りつつ展かれていくのだろう。その結果、前に触れたように、私は理解したのだ、認識の枠組みは一夜にして解体し変容するようなものではない、と。おそらくは、その枠組みの根拠は「私」の内奥部で「私」を突き抜けたところにしかない、と私には思われるから。例えば、私とあなたとを識別する根拠は、多分、私の「うち」にはない。そう、確かにあなたは「他者」だ。しかし「あなた」を私の「他者」にしたてるのは「私」ではない。ただ、そうは言っても、認識の枠組みの中での関係は、あるいは認識以外の受容のあり方も、おそらくは徐々に変るだろう。「私」は沈み、「あなた」は浮かぶ。「私」は「あなた」の言葉の中に「巻き込まれて」行き、いままでにない体験／了解に直接する。MOI?――NON!……おそらくはこのようにして、私の「いま／ここ」が「永遠／彼方」へと少しずつ舳先を向けていくことを私は拒否することができなくなる、この「斑らな闇」の中で、あの「輝く闇」の記憶を殆ど唯一のその頼りとして。この点では、私も誤っていた、「（超越的な）体験」即「回心」と考えていたのだ。だが、アウグスティヌスのミラノ（またはアステア）での神秘体験が即回心をひき起こしたわけではない。[*3]彼の場合には、体験と回心との間に決定的な時間差があり、その間激烈な内的葛藤があったことを私はそのとき何故か忘れていたのである。私の場合には、第一の「死」である受洗が私の回心のはじまりであったとするなら、回心が完了するのは、おそらくは私の第二の「死」によってだけであるだろう。

再び朝がくる。近頃とみに私に酷薄な夜よ。寝入りばな「私」はきまったように繰り返される同じ悪夢にうなされている。耐え難く切迫した感じ、私にまといつくこのどろどろとしたもの、泥沼のような闇の中での白兵戦、崩れて行く肉の塊、この無知、この湿潤……これは何か。おそらくはそれは貌《かお》を変えた私の過去。生涯をかけて対決し、切り捨て切り捨ててきたものが、生涯の終りになって、眠ればその闇の中に激しく甦ってくるのだ。何故か。何故かは私は知らない。だが、夜毎、私が私の過去を辿り直していることは、多分、間違いがない。そして、朝がくる。すでに六時を過ぎているというのに外はまだ暗い。おそらく昨夜の小雨が続いているのだろう。カーテンをあけると、森の樹々は、細い梢や葉末もろとも、昨夜のまま、あたかも水の中に沈んでいるかのようにみえている。風はそよとも吹かず、葉末がきらめき翻るということもなく、小川の音のほかは、すべてが沈黙した薄暗い水の中に、声もなく立っているのだ。昨夜の夢の続き……あるいは、本当の森ではなくて、私にあらわれる「無の面」に映っている森の蔭……それが証拠に、私には水の底、その茂みの奥に滲んでいる私の暗い貌さえみえる……片面が引き攣れ、外側と内側とに歪んでいるその醜い顔……不意に名も知らぬ鳥が、一度また一度と鋭く鳴く……やがては小雨もやみ、森が木々や下草とともに、水の中から少しずつ迫り上ってくるその気配……。

この山小屋にきて、私を直撃した二番目の衝撃は、「無」と名づけられた何かに係わる問題だった。普通、私達は二つの事実／事態によって私達も「無」に直面すると信じている、一つは「私の死」によって、そしていま一つは私を含むこの世界の——私達への——「根源《アルケー》の不在（化）」によって。例えば、フッサールは徹底した起源への遡行を敢行したあげく、その先にもはや何も「無い」というところに行き着いた、と言われている。[*4]つまり、起源への問いそのものがそこでは解体してしまう「場所」にまで。しかし、より衝撃的なのは、私達（人間）は「無」には絶対に対面できない、というスコラの議論の方かもしれない。勿論、この場合の「無（nihil）」は、ある意味では無条件的な「絶対無」であって、例えば「有」を中心とするギリシャ世界の「非有《メエ・オン》」や、前ギリシャ期・東方世界にしばしばみうけられる「無限定／混沌」とは一線を画した何かでなければならないが。ところで、スコラでの「無」の問題は、「無よりの創造（creatio ex nihilo）」の局面で集中的に取り扱われているようで、その取り扱いもどうも一通りではなさそうだ。例えば、山田晶『在りて在る者』[*5]の「無からの創造」ではアレクサンドリアのフィロンにおいてイスラエルの絶対神とギリシャ哲学の有‐非有とが「接触」し、それによって「無からの創造」に近い考え方が生じてくる消息が、緻密に興味深く論議されている。だがここでは、スコラの論脈に不慣れな私はかなりてこずったのだが、スコラ学者松本正夫の「〈無からの創造〉論考」[*6]前半のポイントと思われるところだけを急ぎ引き写してみることにする。まず、絶対者（絶対の他者・超越者・神）は本質上も実存上も完全に自己依拠する「無制約的絶対者」だと考える。これに対して「世界（の総体）――私達を含む――」は、本質上は自己依拠する絶対者ではあるものの、実存しないことも可能だから「偶存有」であり、実存しないことが不可能な「必然有」たる無制約的絶対者とは、本性的に断絶している。ところで、この無制約的絶対者の認識乃至運動には二つの種類があって、一つは本性（natura）に基づき内に向かって（ad intra）行なう自己認識乃至は自己行為であり、いま一つは外に向かって（ad extra）行なう他者認識乃至は他者行為であって、この結果前者では三位一体が、後者では世界の創造が出来《しゅったい》する。

ただし、後者の出来は絶対者の本性上は全く任意的でその自由意志（これが神愛《アガペー》だろう）の結果でしかない。実はここで私達にとっては驚くべきことが明らかとなる。つまり、絶対者は実存そのものだから、その他者とは非実存、言い換えれば「無」にほかならず、この意味では、絶対者以外に非実存たる無に対面し得るものは何もないということである。実際、有限的相対者はその本性上他の実存（者）とは対面せざるを得ず、その総体である世界も究極的には実存者たる絶対者に対面せざるを得ないのだが、それをこえて非実存と対面することは不可能なのである。しかし、絶対者の外に向かっての作用が本性上のものでないならば、その任意的で自由意志とよばれるものは何なのであろうか。実はそれがスコラでは（本性ではなく）「適性（habitus）」とよばれるものなのである。要は、無制約的絶対者が外に向かっての適性上（その本質を超脱して）自由に無を志向することによって、いわば自由に無となり「無の場所」を設定し（これが絶対者の自己拡散（diffusivum sui）とよばれる事態である）、かかる空無において相対者たる「世界」を原因する——これが一口で言って「無からの創造」ということなのである。見事な論理。ただ私としては、次の諸点に少しばかりの胸騒ぎを覚える。「無から造られた」とは「何物から造られたものでもない」ということであり、現に「無からの創造」に近い表現が聖典上はじめてあらわれたとされている旧約外典の『マカベ第二書』での記述も、「神は世界を有から造ったのではない」となっている由である。[*6] この「無」と「〜ではない」との反転。そして、いま一つは論理的には、「絶対者が実存するが故に私達の無への対面は不可能である」という命題は、逆にすれば、「私達の無への対面が不可能ではないならば絶対者は実存しない」という命題になるように思うのだが、これは相対者の形式論理の上だけのことなのだろうか。

ここでは天候は常に急変する。樹々の交叉する枝々の遠く向こうにみえている空が蒼く輝いているとしても、近場では急に暗さが増し、一滴来たと思うと、たちまちにして土砂降りとなる。気温も急激に下がってくる。この間も、ある角を車で曲がったとたんフロント・ガラスが真白になり何もみえなくなったことがある。突然の「馬の背をわける」激しい雨だったのだ。やはりここは山なのだと妙に納得する。そう言えば一昨日の夕方は一段とすごかった。雨、闇、そして稲光りと雷鳴。閃光と音とが同時に来るような近さで、稲光りのたびに浮かんでは消える森、暗くもの言わずただそこに在る森。雷鳴は最後にはこの森の南端に落ちてやんだ。停電。あとはひときわ激しくなる闇の、いや雨足の音。その間も、森はただ耐えてそこに在った。――だが、今朝は違う。朝から陽の光を受けて、樹々や葉は小さく身を震わせている。雨や闇の雫をふり落としているのだ。そのためか、森を抜ける風も光もいつもより輝いてみえる。私も長靴とセシリアの帽子を身につけ数本の白樺の横を迂回しながら、小屋の横の小川へと歩いて行く。この間、棄てられていた枕木で造り直してもらった小川沿いの散歩道と小さい橋。樹や葉から滴る雫が私を濡らすが、私は充ち足りて歩いている。そして、森の中でひときわ好きなあの小さい丸木橋の上に立つ。私の小屋の東側面はここからしかみることができない。二階の窓も全開させて跳ね上げ、曲り交叉する細い枝々を越えて、いまその全貌をあらわしている見慣れぬその東側面。いましもそこに喚びだされたばかりの陽光が濡れながら輝き、その足元では小さく渦を巻きながら、小川の粒立った耀きが一散に南へと走り去る。

存在するもの（ens）は存在（esse）によって存在する（existere）。だから、「無の管」である私達（ens）も、主がたえずもたらし給うこの存在（esse）が私達の管を下り続ける限り存在する。だが、私はひそかに思っているのです。私達の existere の核心部にあるものは、ひょっとすれば passio ではあるまいか、と。Passio――私達が「～を受ける」ということ、そして、「～を受ける」ということは、常にはるかに私達を超える何かに「巻き込まれ、裂かれる」ということにほかなりませんから、それによって私達は更に広く深い地平に接合《つなが》れ、その接合《つながれ》によって激しい「苦しみ」を受けることにもなるのでしょう。こうして、私達のpassioは私達の「受苦」そのもの——私達が能動的に捉えにいく営為よりも、はるかに広く奥行のある地平を私達にもたらすこの営為——であるのだと私は思います。いや、それだけではなく、更にそれは私達に「深さ」の感覚を開く当のものだとさえ私には思えるのです。私達はいずれ、まもなく、私達それぞれの「深みの底なき底」に戦慄とともに降り立ち、「より深い」、いや、もはや深さもはるかに超えた「深淵」、主という隔絶した深淵の翳の前に、唯一人で立つことになるのですから。それにしても、それらの時、私達のlogosは何をしているのでしょうか。logosは「在る」ことをみ、passioは「在る」ことに触れる、その結果、logosはしばしば錯乱しますが、passioはただ耐えています。言い換えれば、logosの狂気とpassioの正気、実はこれがlogosの意味なのだと、私には思えてならないのです。つまりは、このlogos、この錯乱するlogosはpassioを証言するためにこそここにある、と。ここ、この深い夜の中に。

主よ、この夜、私は激しく消耗してここにいます。いまや、耳も目も殆どそのものを捉えることができなくなり、またしてもあの楔形の閃光が私の脳裡にあらわれ、今宵は十五分の長きにわたりそこにとどまる。だが、主よ、私は知っています、私達は賜った感受と知との力を極限にまで使い果し、何もなくなってはじめて御元に向かうことが許されるのだ、と。また、かつて、あの深い森の中で語られていたように、こうして、殆どが無になることで、はじめてその「無の器《うつわ》」に主の充満を強いることができるようになるのだ、[*7]と。

Domine! miserêre nobis.

O Domine!!

森から戻って

この塔の中にいて窓もカーテンも閉めきれば、ここが塔の中だとは思えなくなる。薄闇の沈黙した拡がり、二重ガラスと特殊な窓枠、それにこの部屋が廊下のつき当りに位置することとあわせ、それを知ろうとさえ思わなければ、ここには夜でもなく昼でもないような時間だけが流れている。そのような部屋の中で、肘つき椅子に体を沈めながら、私はさっきから、外を激しく叩いているはずの、雨足の音を通して、この前、森の中で出会ったあの嵐のことを想い返している。私の山小屋も木造りにしては木の枠をもつ三重のガラス窓等、機密性は充分に高いのだが、それでもあのときは、周囲一面に流れ落ち、渦を嚙んで下って行く水の気配や、森の高みで泣き叫ぶ風や梢の気配が、小屋の内側にまでも届いてきた。かなり深い森なので、外は文字通り漆を流したような闇。ふと台所の横を流れる小川が気になり、灯《あか》りで照らしてみると、みえる限り、信じられないほどに水嵩が増し、川辺の叢をこえて小屋のすぐ足元にまで迫っている。小川の対岸にかたまって立つ四本の樵の木の根元も、半ば抉られたように土の層がみえはじめている。そのうえ、揺れ動くその四本の向こうには、何かいままでにみたことのない白く巨きい不規則な顔があらわれている。そうだ、あの森の中では、たとえ閉めきったとしても、夜の時間と昼の時間とは明確に区分されて部屋の中を流れていたのだ。この塔の周りでも、近くの裏山また遠くの山々はあますところなく大小様々な木々で埋めつくされている。そして、少し歩けば狭くて深い人工の川が行く手を塞ぎ、その川はすぐにこのあたりでは一番大きい階段状に（暴れ川の名残だ）整備された川へと流れ込む。川岸は少し広いが、それでも一面に曲った木や蔦で埋めつくされていて、そこは小さい谷間のようになっている。そして、その中を一本の細い登山道がみえかくれする。だから、散歩のついでに、木や枝に触れることは少しの努力でかなうのだが、ここ塔の周りでは私は一度もそれらに触れたことがない。何故。ここでの木々は「木」ではあっても、森の中でのように（木々）ではないから。しかし、塔の周りと森の中とでは、木々の何がいったい――私にとって――異なるのか。おそらくは、ガブリエル・マルセル[*1]の対象（object）と現存（présence）

の差、それが一番簡明な答えだろう。げんに、嵐が過ぎた翌朝、見慣れぬ白く巨きい「顔」をみとどけに向かった私にあらわれたのは、直径五十糎を超える山桜の古木が、根元近くから斜めに裂けて倒れているその姿だった。「白い顔」は、まだ瑞々しいその裂口だったのだ。調べてみて判ったのだが、その古木は、根元近くから核心部が蟻に侵蝕されて空洞になっていた。そして、梢の方はまだ生き生きと葉を茂らせ、倒れるときも近くの二、三本の細い木をなぎ倒し、それでも倒れきれずに、頭をなお空に向けてもちあげていた。一方、ここでの木々は、塔の高みから見晴すせいもあって、とうていそれは私にとっての現存ではない。それは私（の体）から離れて立つもの、つまりは私の対象であるほかはないと思われる。例えば、いま私は立ちあがり、カーテンをおし開く。予想通り猛烈な雨、というよりは出窓の二重ガラスを覆いつくす全面の瀧の飛沫だ。しかしながら、その一滴たりとも出窓に置かれた凍結した花弁に触れることはない。それは、ここへと跨ぎ越すことは決してできないのだ。

（とはいえ、マルセルの言うこの現存（présence）とは何であろうか。それが対象（object）と対置されているところからみれば、それは「私」の「向こう側」ではなく「こちら側」に「あり」、「私、あるいは私の体」の総体に係わる「事態」、しかも、présence には「出席」という意味もあるから、それは「(私が)あらわれでる」ということにも係わっている。だが、奇妙なことにと私は思うのだが、マルセルは「あなた」との関係で co-présence という言葉をもちだしてくるようだから、「現存」が「存在」の部分的な「もちあがり」でもなさそうだ。とすれば、どうなるのか。これは一つの考え方だが、「現存 - 対象」を広い意味での「認識」の二つのありようとする見方があるだろう。つまり、現存は「それ」を「私」から切り離さず、私に寄り添わせ(受肉を重ね)ようとする「(内)触覚的な認識」のありようとでも言うか。したがって、現存は存在への根をもつことは確かだが、いかにしてその根毛がそこに絡みつくかは遂に私達は知ることができない。だからこそ、マルセルは引き続き「神秘」と「問題」を対置して、「現存 - 対象」に繋ぐのだ、と私は思う。)

繰り返しになるが、このような現存と対象、同じように思える「木」が、何故「あそこ」と「ここ」とでは激しく異なってしまうのか。それは、多分、さっきも触れたが、木々と私(の体)との係わりのありようの差、だと思われる。あの森の小屋の中でも、この薄暗い塔の六階のつき当りの部屋の中でも、私(の体)を囲んでいるものは、壁と窓と天井と床のほかは何もなかった。山小屋の中ではそれらが私を包み込み、私を包み込んだ小屋を木々や小川や風が、つまりは森が更に包み込んでいた。そのため、そこでは、私の体も想いも深い湿潤によって常にみたされていた。だが、ここ塔の一室では、私はひどく渇きおそろしく疎外されてここにある。ここでは壁も窓も天井も床も私を包み込むためにあるわけではない。それらは、私以外のものから私を遮断し私を疎外するためにここにある。勿論、窓から外はみえるだろう。手を伸ばせば、雨の滴に触れることさえできなくはない。だが、それらはこの室内に私とともに（「私の側」に）あるわけでは決してなく、私から引き離されて、私とは添わないもの、私の対象としてそこにあるのだ。――そうなのだ、おそらくは、主体と対象、それによる観察と思考、それは私の疎外とひきかえにそこから生じてくる。多分、森から戻って、ひと月半もの間、私の激しい消耗が続いたのも、それが一つの原因だったのだろう。いずれにしても、そのひと月半の間、私は殆どの午後を、カーテンを閉めきった寝室の薄闇の中で、眠るともなく覚めるともなく過ごすほかはなかったのだ。そして、少し気分のよいときには、本を手にとり、付箋を堰のように立てていた。というのも、その頃には文字を「読む」ことはできるようになっていたが、そのなかみを身につけることはまだ容易ではなかったからだ。言葉、それは窓の外の木々と同じく対象としてそこにあった。だが、それらもまた現存として私に添うことはなかったのだ。

このことが何を意味するかを理解するためには、いま一度マルセルに戻るのが早径であるだろう。マルセルは現存と対象から（広義の認識に係わる）二つの系を導きだしてくる。誤読覚悟で私なりに少し手を加えてそれを引き写してみると、次のようになるだろう。

（内包）－現存－神秘－存在（の秩序）－（信）

（疎外）－対象－問題－所有（の秩序）－（知）

第一の系はおそらくは直接所与だが、第二の系は私あるいは私という疎外されたものへの（間接）所与の翳とでもいったものであると思われる。だから、例えば「所有の秩序」は私自身である程度線引き可能だとしても、「存在の秩序」はそれがあるのかないのかさえ本当は私にもはっきりしない。……あの嵐の夜、私がみた「巨きく白い何か」も、私の現存に添っていたが故に「白い何か」と言うほかはなかった。だが、翌朝、確かめに小川を渡った私が、それが折れた幹にあらわれた空洞の顔と「知った」とき、そこを漂っていた縁暈は、淡い記憶の翳を除いては、何一つ残されはしなかったのである。……それといま一つ、この二つの系にはそれぞれにもう少し隠されたことがあるようだ。例えば、中世での分岐を扱った別の本を読んでいたとき[2]、第一の系からは、情動（affect）－信奉の確実性（certitudo adhaesionis）－〈信〉という脈が、第二の系からは、知的理解（intellectus）と「ただ真理である（nuda veritas）」－観想の確実性（certitudo speculationis）－〈知〉という脈がそれぞれその下から浮かびあがってくるような感じがした。それだけではなく、この二系列では、〈知〉に対置されているのはひとまずは〈信〉なのだが、すぐ後でもう一度触れるように、この〈信〉は実は単なる信ではなく、いわば〈信〉と〈愛〉と〈希《のぞ》み〉とが一体となった塊、つまりは「三つの対神徳」とよびならされてきたものだということが次第に納得されてくる。

私はいまもカーテンを引き廻した寝室の薄闇の中で、明りもつけずに寝そべっている。今日は外はよく晴れているのだろう、薄暗い天井にどこからともなく二つ三つ光の汚点《しみ》のようなものがあらわれ、僅かに揺れながら徐々に波紋のように繋がりあい、そこに小さい〈光〉の水溜りを顕わしてくる。〈光〉の水溜り。――いや、そうではなくて、〈光〉の逃げ水、あるいはもう少しひめやかなもの。カーテンを開けさえすれば、嵌め殺しの大きいガラス窓の向こうの裏山一面には、油絵具を何重にも塗りかさねたような「浸透性の部厚い[3]」黄色の層と朱色の飛沫が幾つもみえ、刻々とその色調を変えているだろう。セシリアはそれをみるのが好きだった。主よ　想えば何と長い歳月、私は〈愛〉ということが理解できずにいたのでしょう。セシリアとの「ありふれた」現存、二人で一つの現存であるということ、セシリアが御元に召されて、はじめて私はそれが〈愛〉へと、あるいは〈信〉へと結ばれて行くものであることに気づいたのです。それを喪って、はじめてそのことを得る、私は愚鈍な者なのです。それだけではなく、「包まれる」ことによって私が〈信〉に到るとするならば、「包む」ことを通して到来するものは主の〈愛〉であり、その〈愛〉をうけて私〈達〉の中に出来するのが、「包み／包まれる」「あなた」と私、そして〈あなたと私〉との〈愛〉だ、と私はいまは信じています。主よ　主の〈愛〉の到来の根拠は、言うまでもなく受肉の秘儀でしょうが、更に直接に私に切迫するのはケノーシス、主の自己無化ではないでしょうか。ケノーシスは私に迫り、閉じた私をいま、ここで開かせ給うのです。しかし　主よ　開き行く私の前に展けてみえてくるものは何でしょうか。私を含むこの悲惨な「現実」、この「嘔吐と潰瘍」に塗れた無でしかないこの現実《アレーテイア》。それ故に、開いた私に残るものはもはや痛切な希《のぞ》みしかないのです。かといって、閉ざせば私がみるものは再び「何もみえないということ、つまりは私の無」以外には何もない……とすれば、主よ　残された希みとはただ一つ。私は切望します、「それがあり得ないからこそ、それはあり得なければならない」ということを、それが（希み）ということであるということを。

それにしても、数限りないレス《もの》に包み込まれながら、いまここに私が在る（現存する）ということ、これは何という深い神秘でしょうか。かつて、私は在るということよりも、在るということがそうでなくなるということの方により粟立つ戦慄を感じておりました。だが、セシリアを「喪って」からは、喪った後も私がいまここに在り、なお在り続けていることの方にはるかに怖るべき神秘と戦慄とを覚えるようになったのです。しかも、私がいまここに在るということは、常に超越論《トランスツエンデンタール》的に在るということ――いまここに在りながら、いまここを含み、いまここを超えて、あり得べき「全域をみよう」と喘ぎ続け、その上それが「かなわぬ」ことも知っているということを、――それは希みの構造にいくばくか似かよってはいないでしょうか――その核心部に含んでいます。主よ　それ故に私は思うのです、私、私の現存とは、遂には私の生と死とを貫いてどこまでも進もうとする志向性にほかならないのではなかろうか、と。この季節、朝な夕なに、おそらくは底知れぬ渕の底から浮上してくるような一つの光景に、私は接しております。私の塔の東側は、細い私道を除いて八階建の建物に塞がれ、西側は、少し離れた川の向こうに幾重にも山々が重なって迫っています。ある朝、突然、私は「みた」のです、東側の狭い私道を通り、まだ明けやらぬ茜色の光がここにまでさし込み、そこに仮面をつけた巨大な列柱があらわれているのを、そして、その夕べ、つるべ落しに堕ちて行く夕陽の光縁《コロナ》を満身に浴びて、再び仮面をつけた巨大な列柱がこの度は反対方向をむいて浮かびあがってくるのを。主よ　これは、いかなる仮面劇、「聖土曜日」[*4]をも貫くいかなる仮面劇であるのでしょうか。おお、凡庸な日々のめぐりよ、にもかかわらず、仮面をつけた列柱の群れは、慇懃にまた酷薄に、あたかも死に到る火傷さながら、日に日に、わが魂《シエール》へと浸み渡り来る……

続・森から戻って

一日の終りの光が、折り重なった西の山々に遮られて、半幅のようにわかれて広がっている。そして、そのうちの幾つかは、ここ出窓の傍で、肘つき椅子に体を沈め、それをみている私の目の奥にまで届いてくる。すでに、稜線のあたりを除き薄闇が空一面に拡がりはじめ、山々の肌に塗り込められていた木々も、その色と厚みとを急速に喪いかけている。季節はまだ少しはやいのだが、少し前から、私の体にも確実に変調の兆しがあらわれていた。一週間ほど前、あの午後も寝台に横になって、私は思うともなくあのマルセルの系のことを思い返していた。あい変らず、「現存」のことが気にかかっていたからである。あのあとも、マルセルの解説書[*1]を読んでいて「現存」を「存在への参与」と「心の通い（communion）」の二つを絡めて説明しようという箇所で、前者はともかくとして、後者には何か受け入れ難いものを感じていたのだ……ところが、少し前、たまたま私が聴講している講義で、パウロの「フィリピの信徒への手紙」を読んでいたとき、導入部で「福音に対するあなたたちの交わりのゆえに」（一・五）という箇所に私はぶつかっていた。教授の神父様は無造作に、「交わり」の原語はコイノミア、つまりコミュニオンで「分ち合い」とか「分有」の意味ですね、と話を進められたのだが、私は驚いて立ちどまってしまった。これはよくあることだが、何かを考えているとそれに関係のありそうな言葉や事柄が鋭敏に蝟集してくる、これも多分そのような例と思われた。実際、このほかにも別の本で、「対象（Gegen-stand）」と「客体（Objekt）」という二つの訳語がすぐそばに置かれているのを私はすでに経験していた。

これら「現存」をめぐる言葉（や概念）の群れをどう整理すればよいのか、それにには多少時間がいりそうだと思った私は、夕食を摂るために立ちあがり食堂へ行こうとした。すると、そのとき、不意に体が揺れ、頭から真逆さまに暗がりに墜ちて行くような感じにとらわれたのである。目も見え、音も聴こえているる。だが、立ちあがろうとしても容易に立ちあがることができないのだ。最近、深夜にこのようなことは時々起こるし、その原因も一応は判っている。でも、まだ目が覚めている明るい時刻にこれが起こるのは丁度二度目。悪いことに、医師が宿直医と交代するのが丁度いまごろ、夜間医務室に医師がいないのは判っていたが、一人で不安に耐えるよりはと思い、とにかく手摺りを伝いながら無人の長い廊下を渡り、薄暗い荷物用エレベーターでより暗い方向へと降りて行く。途中で顔見知りの看護婦さんに出会ったので、わけを話し、空いている予備の病室に少し横にならせてもらう。ここは二階なのだが、周囲が病室や介護室に囲まれているので、真昼でも地下室にいるような気分になる。二十分ほどそのまま横になっていて、看護婦さんに血圧を手測りしてもらうと、案の定、血圧はだいぶ落ち着きはじめていた。このまま安静にしていれば多分大丈夫でしょう、夕食はお部屋へ運ばせますから、何かあったら連絡して下さい、とのことで、まだ少し体はふらついていたが、再び手摺りをたよりに、ひとりで部屋まで戻ってくる……

さっき触れたGegen-standとObjektのことだが、独語もよくは知らない私が言うのもどうかと思うのだが、邦訳が逆のような気がしてしかたがない。文字の形から言って、Gegen-standは私が知で摑みきれないもの、汲み尽せないものとして「そこに立っている」という感じがするのだ。その限りでは、それは対象というよりも現存に近いのではあるまいか。もっと言えばGegen-standにしろ、「存在への参与」に係わる何かにしろ、それがそこ「私の領域――私のこちら側」に立ちあらわれていることは多分間違いがない。だから、それを対象として知で切りとり、把握しきることはできない、というのも、その現存性がそういう括りを私に許さないから。実際、現存という場合、それは固有の深さをその時空の暗い裾野とともにもっていて、私に親しく寄り添っているにもかかわらず、それを汲み尽すことは、私には不可能なのだ。そう言えば、この間少し調べたところ、「現存」という言葉には、「私」とか「あなた」とか、更には「主」とかいう言葉が係わることが多かった。いや、係わるだけではない。コミュニオンにしてもコイノミアにしても、それは係わるという以上のぬきさしのならなさ、交わりとか分ち合いとか一致とかをその意味の中にもっていた

……

（いま不意に思い出したのだが、そのことを間接的に明らかにしていたのは、あの犀利なバンヴェニストの人称の議論[*2]ではなかっただろうか。よく知られているように、バンヴェニストの議論は、おおまかに言えば、ものやことにはそれを名指しする言葉があるのに、私とあなただけはそれがない。勿論、あなた

はセシリアという名前をもってはいるだろう。だが、私があなたと話をしているとき、私が話をしているのはセシリアではなくて、たとえいまはここにいないとしても、「あなた」以外の誰とでもない。というのもバンヴェニストが言うように、「あなた」と「私」とは話《わ》（ディスクール）の中で話《わ》を支えるものとしてはじめて現存してくるものだから。しかも、それ故にそこでは「あなた」と「私」とは互換的であり、一方三人称「それ」はこのような意味での人称代名詞には価せず、したがって「それ」が話《わ》を支えることもできない。……このような考え方は、おそらくはすぐにブーバーやマルセルの「私」と「あなた」、そして「それ」の論議に結びついてくるだろう。私が「あなた」と言うとき、何故「あなた」は「それ」ではないのか。繰り返しになるが、「あなた」を汲み尽すことは勿論私にはできないからだし、いま一つには、多分、あなたとの話が成立するとき、その話《わ》、更には「話《わ》の現存（instances de discours）」においては、「私」と「あなた」だけが立ちあがっているからであるだろう。つまり、そのとき、「その世界」には「私」と「あなた」以外に思考し、運動するものは何もないのだ。だから、そのときあなたは「対象」であるはずはなく、私とともに唯一そこに「現存」するものだと私は思う。しかも、何度も同じことを言うようだが、私があなたでないことの根拠は、私の中にも、おそらくはあなたの中にも存在しない。では、話《わ》がそれだろうか。それも違うように思われる、私とあなたと話《わ》とは同時に発生するのだから。いずれにしても、まだよくは判らないのだが、私はあなたという堰にぶつかって私となり、あなたも私という堰にぶつかり、「それ」という堰を越えることであなたとなる。そして、私達は、この堰の根拠を「あの方」を除いてはどこにも求めることができないと、薄々は感じているのだ。……）

だけれども、何故そうなのだろうか。いま出窓からみえる山々の辺は、さきほどとは少し変り、薄闇色の巻雲のようなものが二つ三つ立ちあらわれていて、そのはざまから、あたかも淵に臨みつつあるような微かな菫色がその定まらない貌を私の方にのぞかせている。そして、やがては軽い眩暈のあとの頼りな気な視野の縁、出窓の下に嵩増してくる闇の裾に、夜しかみえてこない四角い窓枠があらわれてくるだろう。四角く小さい病室めくその窓枠。それは確か隣の棟のエレベーター・ホールの窓枠のはずなのだが、低い位置にあるのと、斜めにカーテンが引かれているために、明りがつくまではほとんどそれと気づくこともない。げんに私が最初それに気づいたときも、何かの都合で出窓の横に立っていて、下の方に灯がみえたので不審に思い、体を傾けのぞきこむようにしてはじめてそれをみつけたのだ。とはいえ、斜めに見下す形になっていたうえ、カーテンにさえぎられて、はじめは何の部屋なのか、部屋であるのかないのかさえよくは判らなかった。だが、よくよく目を凝らしていると、奥の綾線と窓の右枠との間の僅かなすきまに赤い扉がその姿をあらわし、それでそこが小さいエレベーター・ホールだとはじめて気づいた。でも不思議なことに、それ以降何度となくそこを見下しているのだが、赤い扉は閉ったままで、その小さくがらんとした部屋に人の気配を感じたことは唯の一度もない。……

どこへ行くエレベーターなのか。そこには地下室はなく、私のみるところ、エレベーターは三階くらいで屋上の機械室につき当り、そこに閉じ込められるほかないように思える。暗い桟橋空間の中で、どこへも行けずただ吊り下げられているエレベーター。それはどこか私達の発生についてのフッサールの不器用な思念に似かよっているように私には感じられる。……遠い記憶[*3]だが、フッサールは「前提なし」に世界の始原《アルケー》に到ろうとして、愚直に問いに問いを重ねて行く。だが、前提や条件なしで問いを重ねる場合、思考が次第にずれてくることもないとは言えまい。やがて彼は、個々の「現象（彼の用語では「対象」）」と、それらの全総体概念である「世界」との乖離に直面する。例えば「世界」

は「現象」とは異なり、その意味を収束させる基体をもたない。というのも「世界」は時間地平・空間地平つまりは世界地平そのものと考えられるから、時間的・空間位置をもつことはない。ところが、「現象」の「存在措定」は、「現象」を「世界地平」の中に内属させることだから、世界地平の存在は前提として措定されざるを得ない。こうして、(基体をもたない(!))「世界」は、意識の働き、意識の存在措定に先立って「すでに存在してしまっている」のである。……別の言い廻しをすれば、フッサールは、このようにして意識の先志向的に働く地点において、すでに時間の原構造と空間の原形式があらかじめ生じていることを「発見」し(!)、この原構造/原形式のもとで意味の先行形態である「原ヒュレー」が与えられていることを見出す。そして、このように与えられたもの全体、即ち原初の世界の「存在」を「先存在」という概念で把握し表現する。……

(では、この「先存在」の世界では、私やあなたはどうなっているのだろうか。当然のことながら、まだそこでは、私もあなたも明確に成立も主題化もされてはいない。しかしながら、怖るべきことに、私やあなたはすでに芽としてその姿をあらわしかけてはいるのである。フッサールによれば、時間の原構造の成立が先存在において確認される限り、原ヒュレーは次々に時間的に消滅してしまうことなく、ある種の緩やかなまとまりを形成し、これが志向的な中心＝自我発生を準備して行く。……一方、他者には「他の自我」と「(自我とは本質的な共通性をもたない)異他的なもの」との両者が考えられるが、前者については「先存在」の状態ではキネステーゼ意識は未発達だから、空間内の「ここ」と「そこ」の区分も大きく弛んでおり、身体ヒュレーもまた意味へと仕たてられてはいず、ひとつの基体へと収束されてもいない。つまり、この状態では自／他の身体ヒュレーがいわば浸透しあって癒合的な状態[*4]になっていると考えられるのである。また後者については、その異他性の主題化とその主題の「既存の私の世界の主題」との包含関係とが問題となるが、主題化が不可能な場合、あるいは主題化ができたとしても私の世界の主題との包含関係が成立しない場合には、「異他的な何か」は依然として、いや更に異他性が深化して「途徹もなく不気味」なものとして、そこにとどまり続けるだろう。……)

要するに、いま・ここで成立している「私とあなた」の関係は、乱暴な言い方をすれば、「先存在」での相互浸透の深さと幅の反映なのだ。そして、「先存在」で遂に関係化不能であった「異他的」なものは、いま・ここでも決定的に異他的であり、極端な言い方をすれば、ますます無（あるいは死）のごとき何かであって、そこに向かうとき、私達の問いは、終局的には無化され解体するほかに行きどころがなくなると思われる。実際、フッサールの場合でも、問いに問いを重ねて世界の始原《アルケー》を追いつめたあげく、最終的には時間の問題に行きつき、その時間の始原がこの「世界」のどこにも見出せないことが明らかになることによって（この世界の外は私達には無というしかなく、そこに始原を求めることはフッサールの立場ではできない）、営々とたて続けてきたすべての問いが一挙に無化／解体してしまうのである。

問いの解体、それも問い詰めるロゴスそのものによってそこに到るということ、これは私達のロゴスと、私達がその一部であるいま・ここのロゴスとの深い乖離を示すものでなくて何であろうか。いや、そうではなく、いま・ここには本当に私達のロゴス――はるか昔から幾変遷を重ねつつ一筋いまにいたるロゴス――に開かれたロゴスはあるのだろうか。次第に夜が更けてくる。いまでは、私は、動いている私の手頸さえみることができなくなりつつある。おお、ヴィオレット・ソバージュ！　深まり行く闇の中に、唯一つ浮かびあがるソバージュのその記憶（よ）。かつて住んでいた小さい庭の片隅にあなたがみつけた小さな花。庭の隅を這う痩せた蔓に、毎年何よりも早く五輪ほどの蕾をそれはつけていたのだが。……主よ、私はフッサールの思惟の彼方に、主の「現存（いままで考えてきた現存の意味をすべて凝集したこの現存）」を感じずにはいられないのです。おそらくは、「先存在」とは私を在らせ給うときの主の「開け」の遠い記憶。それ故に、問いに問いを重ねたあげく、フッサールが「みた」無は、おそらくは主のみが対面され得るあの無に限りなく近づいて行くその翳のごときもの。そして、その翳の淵へと、一輪のヴィオレット・ソバージュ、私のソバージュの蕾もまた、半ば開きながら漂って行く……

夢の唄《ラルゴ》

夢には出口も入口もない。「現実」を参照しながら、あるいは、参照もしないで、突然、そこに何かが――「私」のようなものが――あらわれて、思い、動き、そして消え去って行く。

開くことによって、闇になること。しかし、多分、その奥行きは定まらない。あたかも「明るみの夜」のように、何人かの人が、この喩を使うしかなかったように。

だから、夢は記憶を形成しないだろう。たとえ、切れ切れの記憶が夢の形成に与るとしても。そして、夢が跡絶えるそのとき、切れ切れの記憶や夢は花弁のようにその周りに寄り集り、同時に私へと目覚めてくる。

だが、そこでのイマージュの鮮明さ、筋途の明晰さは、その滑《ぬめ》りとともにしばしば、局部的に（というのも、そこでは、隅あるいは周辺部はいつでも闇だから）いささか突出が過ぎるという気持を私に与える。

例えば「そこでは、私は泡にして波。また、波にして泡。水ではないが、たえず昏い渦巻きに誘われてあるもの。あるいは、到るところでの、密やかな、沼地の混入。」などと唱うにしても。

――そこではロゴスを立てることはできない。仮に立てようとしたとしてもそれは何かの創跡のように、ただ滲み拡がって行くだけ。勿論、夢の内《レス》が夢を超えて夢の中を見下《おろ》すことなど、許されようわけもない。

実際、そこは優しい獣達の「環境」同様、そこで「思う者」の周りには空《す》き間がない。だから、夢には推移はあっても時間も世界もないのだろう。つまり、夢をみ、夢にみられているものは、ただ夢だけなのではあるまいか。

でも、多分、私の夢の深みで静かに微笑んでいるあなたは私に言うだろう、
「私はいまあなたの夢の中にいるのではないの」と。違うのだよ、セシリア、
夢の中では昔[*1]のように、主観と客観の区別がない。私は、ただ、招かれて
そこに居あわせているだけ。夢は確かに夢を「みている」私にとってはレアル[*2]
だが、それは決して私にとってはアクチュアルではない。だからこそ、夢は
自在に局面を呼び起こし、シャッフルし、パッチワークを仕立てあげる。

だけれども、夢が切り分けるのは夢だけではないはずだ。おそらくそれは
夢の根にも及ぶに違いない。——しかし、夢の根とはいったい何なのか。
私の「在る」ということを超えて、はるかに深く網状に下ってくるその根。

私が消耗し尽して睡っているとき、私と夢（の中の「私」）とは、多分、
二つのありようで繋がっている。一つは表層での苦痛を伴う共振として。
いま一つは、深層での私も知らぬ私の体の内側への夢の根毛の到来として。

私も知らぬ？　そう、「在り続ける」ことと引き換えに、私の中に堆積する昏く神秘的なロゴスの狂気と肉のパッショ。――そのパッショ、受苦する肉の一片へと、今宵も、闇は、数知れぬ綻びをもつ旧い網を投げ開いてくる。

夢の中で

病院通いと僅かな食糧を求めて外出するほかは、部屋に閉じこもり、半ば睡ったように暮らしている間に、いつか季節は五月に入り、この塔の六階からみえる木々も若葉が燦々と輝くようになっていた。燦々と輝く若葉の群れ、しかもその中へと入り込めば、妄念か何かのように、あちらにもこちらにもひどく冷え冷えとした場所があることを私は知っている。そう、生の中に混ざっている死、在ることからどうしても追い出すことのできぬ無。そして、いずれ私も私のいるこのいま・ここもその無へと突き進んで行くのだとすれば、いまでは多くの人が信頼を寄せている自然科学が「無」をどのように捉えているのかを[*1]、みておくのも悪くはないだろう。——しかし、本当はその前にしておくべきことがいくつかあって、例えば「判る」とはどういう事態かとか、「感覚」、「思考」、「言葉」あるいは「意識」などは「何」であって、判るということとはどのように係わるのか、などは是非知りたいと思うのだけれど、私にはもう無理だろう。だが、奇妙なことに、これらのことについてははっきりと判らなくても、いわばあてずっぽうにこれらの事態を動かしてみても、それはそれで、堂々めぐりや誤りに陥ることは少なくないとしても、全くの「無意味」に終わることも案外少ないようにも思える。多分、何千年もの間のそれらについての思考の蓄積があり、それがどのようにしてだかは知らないが、私の「心身」にもしみついている——そういったこともないわけではないのだろう。だから、ここでも、まず「書いて」みることからはじめよう。

少し考えれば判るように、無は直接的には自然科学の対象にはなり得ない。というのも、自然科学では何等かの手掛りが必要で、——それが自然そのものにしろ、カントのいう現象（Erscheinung）であるにしろ、それを函数方程式という形にして、近似的にでもその解をとく過程を踏まなければ何事もはじまらないから。この意味では、「手掛りが何もない無」という事態は、そのままでは自然科学では扱えないと考えるのがまっとうな考え方だろう。ところが都合のよいことに、無と存在（者）とはことの本性からして必ず結びついており、一方から一方へと滲み込んだり滲み出したりしているから、存在者について函数方程式をたてれば、ひとりでに無の一部もその中に含まれてくる。その結果、現在ではかなりのことが判っていて、中でも私を驚かせたのは、私達の宇宙の中には、特殊な例外[*2]を別にすれば、どうも無がなさそうだということだった。その代り、無はなくても無に限りなく近いものは当然遍在していて、それが真空であり偽真空と呼ばれる何かだということになっている。ちなみに、真空と無との差は「構造」の有無であって、前者の中では何かが在ったとしてもその運動の自由さは「構造」によってある程度の制約をうけるらしい。また、「偽真空」と真空との差は、そこに含まれるエネルギーが最低基準の量かどうかの差であるらしく、かつての偽真空がエネルギーを放出し尽して最低基準のエネルギーしかもてなくなった「もの」が現在の真空だと考えられている。この意味では、私達の真空は、(エネルギーを失って)凍結した――したがって構造をもつ――偽真空だということになる。

また、このほか、別の角度からみた無のごときものが幾つかある。一つは自然科学でいう完璧な対称性――それは鏡像的対称性ではなく、球体同様どこをとっても対照性を失わない対称性を意味するから、私達の「認識」にとっては実質無と変らないはずである[*3]——、そしていま一つは、私達の感覚にも私達の観測や方程式にも決してあらわれてこない何か（例えば天使）である。つまり、後者は私の別の認識にはあらわれるかもしれないが、私達の自然科学的な目には決して「みえない」もの《レス》。勿論、自然科学的に言えば、重要なのは前者、対称性の方にあるだろう。なにしろ、「対称性の破れ」がこの宇宙を発生させたと考えられているのだから。この意味では「創世」とはここでも、「creatio ex nihilo」なのである。ただし、ここでの「無」は何もないケノンでは多分ない。実際、ここでの無の一点（もっとも「無の一点」とはいささか修辞的にすぎると私には思えるのだが）に巨量のエネルギーが「注入」された結果、その一点から「噴出」してきたのが私達がいまいるこの膨張宇宙だと考えられているのである。したがって、この膨張宇宙を構成している「すべての物質」はそのときその一点から「同時」に「産出」されたはずである。とはいえ、ここが微妙なのだが、では無にはこのような「物質の要素」がぎっしり詰まっているのか、と言えばそういうわけでもなさそうだ。これは私の想像だが、無にエネルギーを「激突」させるとき、物質（粒子）と反物質（粒子）の対が無から無の「外」へと跳ね飛ばされてくる。だが、次の瞬間には殆どの対粒子は放射（エネルギーの返還）して再度合体し消滅する。つまり、元の零物質＝無に戻るのだ。だが、何故かそのうちのごく一部の対は再合体せず物質粒子だけが残り、反物質粒子は見失われてしまう。こういった過程をやや巨視的にみれば、対称性の破れから、宇宙の「種《たね》」が噴出するようにみえるだろう。

量子力学の教えるところでは、無からの噴出の瞬間にはその「場」[*4]はいわば超高温の煮えたぎる坩堝と化しており、そこには時間も空間も物理法則もない（もしくは時空があったとしても切れ切れの状態にある）が、坩堝の冷却とともにそこに私達にも親しい時空間や物理法則、諸粒子等、要するに「構造」が出現してくる。超高温下での無構造《カオス》と冷却下での構造形成。とはいえ超高温から冷却への移行時間はほとんど瞬時と考えられている。ついでながら、私達の宇宙発生時にはこのような状況にいま一つインフレーション的膨張という事態が加わる。無の「爆発《ビッグ・バン》」後（または直前）一秒の何分の一かの間に殆ど一点が林檎大の大きさにまで猛烈な速度で膨張したのだ。この膨張速度の猛烈さはそのあたりにあったはずのあらゆる襞（痕跡）をひきのばし、そのために爆発以前の情報は何一つ私達に残されていない。以降、林檎大の大きさの私達の宇宙は膨張速度を緩めて（とはいえ、いまなおその速度は宇宙内で最速かつ一定の光の速度を上廻っている）、おおよそ一五〇億年をかけて現在私達が「みる」

この宇宙にまで「成長」してきた。そして、この膨張宇宙では、現在でも、極微領域では量子力学的なふるまいが支配し、大領域では（一般）相対性論的なふるまいが支配すると考えると様々な「現象」が理解しやすいようだ。

（ちなみに、相対性論的なふるまいとは何か。いろいろな見方はあるだろうが、ここでは興味深い点を三つだけ挙げてみよう。まず、よく知られているように、物質とエネルギーとは別のもの／ことではなく、実は一つの「現象」の二つの相（それも微量の物質と膨大なエネルギーの等価性）だということ。次に、物質と時空間とは緊密に結ばれており、物質はそれが位置する時空間という「織物」の部分を湾曲させ、逆に時空間の織物の湾曲はその物質に「重力」を与えること（この意味では時空間という織物の「曲率」と「重力」とはこれまた同じもの／ことなのである）。ついでに言っておけば、相対性論では時間も空間化して扱われる。丁度、量子論レベルでは時間（断片化している）は前後に自由に動けるように、相対性論でも時間は空間の第四の次元であり、必要なら虚数を使って負の時間を記述することもできる。ただし、虚数を使うという点で（虚数時間が零となる地点が通常言う時間のはじまりに相当する）、辛うじて、膨張を続ける宇宙は前進する時間しかもたないという私達の見方との折り合いがついていると私には「みえる」。——話は少し変るが、このようにみてくれば、私達の宇宙は大局的にも極微的にも何種類かの基本的な「力」が運動し交叉し関係しあっている一種の「場」[*4]もしくは「場」の総体——といっても、総体とか全体と個々のもの／こととの関係は難しい問題も孕んでいるから、これが何かを言ったことにはならないだろうが——ではないかとも思えてくる。しかも、この「力」の中には、「斥力」、「宇宙常数」、「第五物質」等という得体の知れないもの／ことまでもが含まれて「いる」のだ。例えば斥力とは何か。要するにそれは重力とは反対の方向に働く力で、その出自を真空に求める考え方もあるようだが、実体はいまひとつよく判っていない。だが、斥力等宇宙を「外へと」押しやる力がなければ、重力等「引き」の力によって私達の宇宙はとっくに「上方が内側へと曲り」、閉ざされて圧縮され、いまでは、一種の巨大なブラック・ホールになり果てていたことはかなり確かなように思える。ついでに、外へと押しやる力が強ければどうなっていたかといえば、宇宙の「上方が外側へとめくれて」、宇宙を構成するすべてのものが宇宙の外側の「暗黒」へと離散し、いまなお暗黒（これも無ではないだろう）の中を孤独に漂っているか、例の有名な熱力学の第二法則に従って完全に無秩序になり、つまりは実質「死んでいる」だろう。だから、天文学者の言うように、私達の宇宙が現在

のような「平らな」形姿であるためには、実体が何であろうと斥力等押しやる力は絶対に必要なのである……）

このようなことを、読んだり考えたり毎日し続けていると、やがて妙なことにつき当ることにもなるようだ。小さい方のベランダに立って、ぼんやりと西の山々を眺めていた。そこでは幾つもの山々が重なり合い、その手前の木々の茂みもかたまって幾つかの群にわかれている。そして、山や木々の連なりの中央部分は、重畳のぐあいで丁度窪んだようにみえている。折しも落日の少し前で、その「窪み」の真上の太陽が一段と大きさを増す時刻。そのとき、突然、私はみてしまったのだ、西側の山々も木々の塊も不意に緑色の瘤だらけの砂丘に変っているのを。そして、その細部や襞を失った砂丘の群は、窪みの底に向かって一斉に白っぽく変質しはじめていた。対称性！　と私は思った。実際、折り重なる砂丘の窪みの上に、かつてみたこともないような完全な円形をした太陽が二重に茜色に「暗く」輝き、いや輝くというよりは、素朴派の絵画で時折みかけるような脈動する破線を八方に次から次へと繰りだし、それらすべてが何か吃音しつつ進行する死後の情景さながらに、直に私の体と向きあっていたからだ。それから、一瞬の後、それは破れ、私の前には再び見慣れた山々や木々の塊が立っていた。……

ものはすべて、その終局点へ向かって急ぐ。私も、私の宇宙もまた、おそらくは猛烈な勢いで、それぞれの終局点へと向かっているに違いない。通過すること、通過に写る映像にも見紛うもの、それらが仮に私の「世界」乃至は「宇宙」だとして、しかし、私の「宇宙」に終局点というものはあるのだろうか。拡散、収縮、もしくは反復、そしておそらくは……復活（再生）。自然科学的な知は、安易に再生は認めないだろうが、現にホーキングスはブラック・ホールの「反対側」からベビー宇宙が生まれてくる可能性を否定していない。それに、無から宇宙を噴出させたと考えられているあの膨大なエネルギー、無を捻ったあのエネルギーはどこから来たのか。無の不安定さ、私の誤読でなければ、棚から物が落ちるようにどこからか無が「落下」してその負のエネルギーが正のエネルギーに転化したという記述の仕方もあるようだが、これとて同じことだろう。いずれにしても、私の宇宙には私の「体」が含まれており、（まだ十分確認してはいないが、カール・ラーナーが言ったと伝えられているように――もし、私の精神が私の精神を超えることをめざすように、「物質は精神をめざす」ということが本当なら）私の「精神」もそこに含まれているはずだから、私は私の宇宙と同じ終局点に向かっているということは十二分にあり得ることと思われる。それにしても、終局点の「向こう」には何があるのか。多分、私、私の思考のロゴスが、宇宙のロゴスと剝がれていることはあるだろう。また、人は耄碌すれば次第に神秘主義者に陥入っていくことは私とて否定しない。だが、何故思考のロゴスと宇宙のロゴスとは肝腎なところでくい違うのか。それは私達が私達のパッショに十分向きあっていないこと以外にも原因があると私には思われるのだ。例えば、宇宙の脈動の多彩さ豊富さ深さは、私達の思考の脈動をはるかに凌いでいる、これは確かだ。だが、その一方では、流れ行く時間の中のところどころに非時間つまりは永遠が垂直に立っているように、私達の思考の中にも、宇宙の脈動を超えて垂直に立つものが間違いなく含まれているかに思えるのだ。にもかかわらず、私達はまだ、相対論と量子論とを繋ぐ環をみつけだすこともできないでいる。量子論の世界は、すでに一瞥したように、時空間を含め不連続の世界であり、しかも常に不確定性を本性とする（ある一点を「確定」させれば、その近傍は死んでしまう）直知し難い世界だ。一方相対論の世界は、連続的思考、確定的思考がある程度は通用する世界だから、量子論の世界とかなりありようが違うということは容易に想像できるだろう。そして、現に、両世界の基本方程式を繋ごうとすれば、いままでのところでは、必ずそこに零が、ということはつまり無限が発生して収拾がつかなくなってしまうらしい。宇宙が実際ここにいま在る以上、迂廻路なり根本的に見直す方法なりはあるはずだがそれがまだ見出されていないのだ。だが、このことよりもある意味でより興味深いのは「無限」というもの／ことそれ自体で、無限は「無同様」（本性の判らないもの同士の間で同様などという言葉が軽々しく使えるとは思い難いが）、それを追いつめれば追いつめるほど逆に私達の精神の均衡が狂ってくる何かがあるように思える。カントールにしてもゲーテルにしてもそうだった。カントールは、周知のように数の無限を扱う「集合論」の創始者だが、自分の提起した「連続体仮説」を解こうとするたびに鬱になり、最後は精神病院で死んでいる。ゲーデルも有名な数学論理系の「不完全性定理[*5]」を解いて、自然科学思考を支える私達の数学的ロゴスにも意外な欠陥があることを指摘し大きい衝撃をもたらしたが、彼も毒殺されるという被害妄想のために（この二十世紀に）、餓死という痛ましい最後をとげている。実際、すべてとか無限という言葉は、よほど注意していてもちょっとしたことでたちまちパラドックスを頻発するという得体の知れなさをもつようだ。この点、カントールもゲーデルも、「あらゆるレスのロゴスをひとまとめにし得るロゴス的基盤は、私達には与えられていない」とでも記述し得る事態を狂気と引き換えに明らかにしたのではあるまいか。この意味では、私達の自然科学思考も、ウィトゲンシュタインの「言語ゲーム」に倣って言えば、「自然科学思考ゲーム」かもしれない、というのが密かな私の謬見なのだ。いずれにせよ、私達もまた、私達の宇宙同様、歪んだ無の上に立っているのだ。

私は立ちあがり、出窓のカーテンに顔をおしつける、明け方にみた夢をいま一度想い出すために。そこは変に幾何学的なガラス張りの室内だった。室の真中には、デルボー風の女性が一人、スツールに座って向こうの壁を眺めていた。向こうの壁もまたガラス張りで、その先の露台から海に向かって真直ぐに大理石の露地が延び、それはそのまま下りながら昏くうねっている海の中へと続いていた。傾斜した露地の両側は砕いた骨のように一面が真白な砂浜で、夜なのにそこだけが細部まではっきりとみえている。そして、海の上に垂れこめている雲は玄武岩[*6]のように部厚く昏く、その昏い海と空との狭間を時折鴎の亡霊のようなものが啼き声もたてずに掠めて行く。おそらくはその時だ、覚めかけた夢の中で、聴くともなしに私が耳にしたのは。

（愛しい人よ　尼寺へ行きやれ　尼寺へ）

行きや内部はあるはずがないのだ。とすれば、夢にも深さがひそんでいるとするなら、それは表層部（ほとんど夢そのもの）あるいは表層部の襞をおいては、どこにもそれをみつけることはできないだろう。そして、深みという何かが、やがては無やそれに近いものをひき起こし、そこへと繫がって行くとすれば、多くの場合、夢も私も表層部からその深淵へと沈んで行くに違いない。現に、モーゼもアロンもミリアムも目的の地を踏むことができなかった。ミリアムにいたっては、「重い皮膚病にかかり、雪のように白くなって」（民一二—九）、つまり明らかに表層部から無に沈んだのだ。

すでに午後四時半を回っているが、依然として空は凄まじく蒼く、光の強さもただごととは思えないほど。そして、このようなときには、「私の内部」でも何かがふと動く。たとえ私の内部がどこにあるのかよく判らず、本当はどこにもないのかもしれないとしても。おそらくは、これも「表層部の襞の深み」という言葉からの連想だろうが、この前から考えていた——だがほとんど何も書けなかった——量子力学の奇妙な「世界」が、今回はこの空の異様な明るさと重なっている。

周知のように、量子力学の対象は「物質」とよばれるレス。言い換えれば、量子力学も「物質とは何か」を問いつめて行く自然科学の最先端の一分野。この理論の大きい特徴は、物質を連続体とみなさず、デコンストラクションを続けた結果、そのエネルギーが極微小単位（量子！）で不連続に遷移するというところまでつきとめた点にある。と同時に、この状態では、例えば量子の位置や運動量から確率的な性格を排除することもできなくなる。つまり、空中に石を投げた場合とは異なり、量子の運動を確定的因果性をもって把握することが原理的にできなくなるのだ。ここで、「原理的に」というのは、ここでは二種類の不確定さ（二種類の観測要因の不正確さと考えてもよい）の積が必ず一定値以上になること（ハイゼンベルグの不確定性原理）が示されるからである。このような理論は、当然に、自然科学者の間でも大きい議論をまき起こした。[*1] 簡単に言えば、自然科学者が現代的な「実在論」派と「経験論／実証主義」派に分かれて対決したのである。だが、現代的な「実在論」とは何か。最も簡潔に言えば、「たとえ観測者が誰一人存在しなくとも（その）物理的実在は存在するだろう」という考え方（むしろ信念）である。したがって、例えば不確定性関係の発生は理論の不完全によるとの見方もでてくる。一方、「経験論」とは——これまた有名なハイゼンベルグの次の記述に典型的に示されている。「素粒子の客観的実在という考え方は、こうして妙な具合に消え去ってしまった。晦渋なあるいは不可解な実在に関する新しい考え方という霧の中へではなく、数学の明快な透明性の中に消えたのである。この数学はもはや素粒子自身のふるまいを表現せず、素粒子に関してわれわれのもつ知識を表現するのみである」（傍点引用者）。つまり、後者は「客観的実在（あるいは確定的因果性）」を把握することを断念（！）することを対価として、いわば、現象（というかそれについての人間の知識）の総体をもって実在に替えると主張する考え方である。そして、現在では自然科学は圧倒的に後者を支持しているようなのだ。

それにしても、何故現象の総体についての理論が、観測や実験によく適合するのか。それは言うまでもなく、観測や実験によって捉えているものもまた、捉えられた「現象」にほかならないからだろう。――私はのろのろと寝台から起きあがり、干し物をとりにベランダに出ようとして、突然崩れ落ちそうになる。不意に青空が巨大な泡のように何十にも分かれてもりあがり、私の上へと倒れ込んできたからだ。暗輝差と視差の極端な片寄りのせいだ、と私は思うことにしたが、それでどこかの擦《こす》れたり裂けたりするような音が消えてしまうわけではない。そして、裂ければその裏にはりついているのは、またしても、一瞬にしろ、荒れ狂う暗黒のほかには何もない。主よ、この日々、私の耳から数々の音が次第に消えて行くのを私は感じています。そして、目は、おお　私の目を掠めては失せて行く光の痕跡のようなもの（よ）、それもまた、私の知や記憶の劇しい崩れ方――砂山のように裏側から崩れる――とよく似かよっているのです。……それからしばらくして、私は暗い気持で、食堂の片隅、外の景色の遮断されたところで、独りで貧しい夕食をとっている。そして、さきほどの「不確定性原理」が、何故かカントが覗き込んだと言われるあの深淵に近づくのを、ぼんやりと感じている。

『純粋理性批判』の初版と第二版との間に垣間みえる深淵、[*2] ハイデガーがそこを覗き込んでカントが後込《しり》みしたと評したあの深淵、それは結局、知性と感性という私達の根源的な能力のほかに第三の根源的な能力（Einbildung-kraft、邦訳では構想力、英訳では imagination）を認め、それが他の二つをも綜合（統合）する最高の能力とみなすかどうかという、決断の問題だった。古い話だが、聖トマスも感性で捉えた「もの」を知性化することによって世界を読み解いて行くが、カントもまた感性から知性の対象を汲みあげる。しかし、当然のことながら両者には決定的な差があって、中世神学者である聖トマスは、知性の、というよりは理性（ratio、推測的知性）の上に知性（intellectus、直知的知性）を置き、その知性が彼方の（隔絶した）「存在《エッセ》」の知へと方向づけられていると考えることから、その壮麗な体系を築きあげて行く。一方、近代哲学者であるカントも感性の上に知性を置くのだが、その関係は幾つかの点で、根本的とも言うべき違いがある。まず、感性が捉えるのは「実在」そのもの、つまりは「もの自体」ではなく、「現象」即ち私達にとって「認識可能な何か」だということがある。次に、知性と理性の序列も逆転しており、ratio が intellectus（もはやそこでは知性とはよばれず悟性〈Verstand〉とよばれる）の上にくるが、これはある見方[*3]——私もこの見方を正当だと思うが——によれば、intellectus が「神の intellectus」との関係を断ち切られ、限定的な人間の intellectus にまで「切り縮め」られた当然の結果なのである。そして、三番目には、例の深淵に絡む問題、つまり感性と理性とを統合するものが揺れているということがある。

カントの場合、私が言うまでもなく、認識のアルケーはひたすら人間の側にあった。たとえば、時間・空間・因果関係等はすべて人間の認識に係わるものであって、「世界」（あるいは現象の総体）に係わるものではない——これが周知のようにカントの基本的な考え方だった。この結果、やがては、全く異質な感性と知性という二つの契機が「合一」することによって認識が成立するという地点にまで来るわけだが、ここで「合一」、つまりここまで知性（悟性）と感性との二元論で追ってきたものを何によって統合するのかという究極の問題に直面する。初版ではカントはここにさきほど名前だけだした構想力（Einbildung-kraft）なるものをもちだしてくる。というのも――私の素人考えだが――「構想力」なるものは、その英訳 imagination からも類推がつくように、「盲目ではあるが心の欠くべからざる機能であり」、知性と感性との両側面を有し、両者を媒介する役割を与えられているようにもみえるからである。[*4] まして、「人間の認識には二つの幹、つまり悟性と感性とがあり、これらの幹は、おそらくは、一つの共通な、しかし我々には未知の根から発している」と考える初版のカントのような者にとっては、やがてこの未知の根の仮面の下から、構想力という顔があらわれるということは十分に考えられることであっただろう。

要するに、この局面でとり得た途は三つあったはずである。一つは、この深淵に宙吊りになっている奇怪な根の姿にいま少し耐えること、つまり構想力を更に問いつめること（勿論、この場合にはいままでの『純粋理性批判』の構成そのものが崩れる可能性は少くない）。いま一つは、若きヘーゲルが行なったように、構想力一元化の途を当初より選び、言い換えれば構想力を「直観的知性」とみなす（！）こと。そして、三番目は、カントが第二版で行なったように、構想力を悟性の機能の一つとみなすことにより、悟性の一元論的傾向を強める途である。ただし第三の途には「悟性の自発性を可能なかぎり押し拡げ、感性の果す役割を悟性の法則のためのデータ提供に押しとどめようとする」という批判も根強い。おそらく、ここでも、量子力学の場合とある意味で似かよったドラマが演じられているのではあるまいか。いずれにせよ、量子力学にしても構想力にしても、その底がみえないのが私には不気味だ。結局は、根拠を「私」に移すと、そこが——根拠であったところが——底無しとなり、やがてそれは反射的に「私」をも犯しはじめるということだろうか。

一段と夜がふけてきた。眩暈が再発すると面倒なので午後七時頃には薬をのみ、八時頃風呂に入り、あとは寝台に横になって、この時間だけ読みたいものを少し読む。今夜は、おそらくはまたあの「循環」のことを考えるのだろう。「カントにおいては、経験の地平を切りひらくはずの悟性概念は〈可能的経験〉の存在を前提としている。他方、この可能的経験が存在するための条件は、純粋悟性概念の存在である。つまり、〈条件づけるもの〉と〈条件づけられるもの〉

が互いに他を前提としているのである。言い換えれば、そこにも〈人間理性にとっての真の深淵〉が口を開いて待ちうけている」[*5]のだ。何故？　カントが超越者の真理保証を排除したことと、このこととも無関係ではないだろう。それとも、超越者保証を排除した場合、多くの場面で「同時発生」としか考えられない事態が生起するのは、このことの言い換えなのか。――それから午後十時には睡眠薬を二錠のみ、悪い夢をみ続け……Veni, Sancta Spiritus! ここでも循環が起こっている……一時間半毎に闇の中で目を覚ます。そして、朝三時にはいま一度別の睡眠薬を一錠のみ、そうしてうまく行けば、朝六時には、主よ、主の恩寵によって、更にもう一日という日を、私は賜わるのです。……

森での日々

i 夏の昏さ

再び森へ戻ってきてから、すでにして一箇月ほどの時間が流れ去った。森は昨年同様に私を迎えてくれ、森の日曜日の小さいミサも続いているが、おそらくは私が心身ともに衰弱しているのだろう。この間、人に会ったり、買い物に出るほかは、昼も夜もずっと睡り続けてきたような気持がする。げんに、いまでもなお窓の外では、梢の繁みの小さい葉裏から洩れてくる光は木々の間に瀰漫しているが、その燦めきはここに着いたときに比べれば幾分穏やかで静謐さの度合いを増してきた感じがする。長く睡っている間に、森も徐々に秋の入口をにしたのではあるまいか。この意味では、私達の自然科学思考も、ウィトゲンシュタインの「言語ゲーム」に倣って言えば、「自然科学思考ゲーム」かもしれない、というのが密かな私の謬見なのだ。いずれにせよ、私達もまた、私達の宇宙同様、歪んだ無の上に立っているのだ。

私は立ちあがり、出窓のカーテンに顔をおしつける、明け方にみた夢をいま一度想い出すために。そこは変に幾何学的なガラス張りの室内だった。室の真中には、デルボー風の女性が一人、スツールに座って向こうの壁を眺めていた。向こうの壁もまたガラス張りで、その先の露台から海に向かって真直ぐに大理石の露地が延び、それはそのまま下りながら昏くうねっている海の中へと続いていた。傾斜した露地の両側は砕いた骨のように一面が真白な砂浜で、夜なのにそこだけが細部まではっきりとみえている。そして、海の上に垂れこめている雲は玄武岩[*6]のように部厚く昏く、その昏い海と空との狭間を時折鷗の亡霊のようなものが啼き声もたてずに掠めて行く。おそらくはその時だ、覚めかけた夢の中で、聴くともなしに私が耳にしたのは。

（愛しい人よ　尼寺へ行きやれ　尼寺へ）

夢のつなぎ目

この初夏、塔の中で、体調は天候とともに一進一退を繰り返す。午後、何日ぶりかで一時間ほどうとうととして、ふと窓からみあげると、そこには物凄い青空がひろがっていた。空の青は無数の塵による光の乱反射の結果で、本当はそこにひろがっているのは暗黒そのものだとは知ってはいるが、ことに死者のように瞼の裏側から仰向きにそれをみている場合には、そのことは信じがたい。薄い筋雲ひとつない空。その後背部にはりついている底無しの無。……それにしても、私達の深さとは、どこから来て私達のどこに発生しているのだろうか。私達の内部？　だが、内部などという不確かなものを私は信じたくない。むしろ、あらわれては消えて行く夢の方が、まだ確からしい。そして、夢の場合には、この間もみたように、レアルではあっても実体はないのだから、夢にも奥通りかけているのだ。

今年は例年よりも少し暖かいせいか、右耳の渦巻きもそれほど狂暴ではない。その代りたえず低い水の流れる音のようなものに体中が包まれている。おそらくは、右耳から入るもの音は私に届くまでに多くは主の御元に昇ってしまうのだろう。主よ、来年もまた私は、ここで本を読んだりものを書いたりすることができるのでしょうか。つい数日前までは、私は持参した本を一冊も読むことができないでいた。目は文字を追っているが、何一つあとに残らない状態が続いていたのだ。ところが妙な偶然から、突然ベルクソンが先方から私の方に近づいてきたのだ。一つは、姪の知り合いの中村弓子さんの本とそれにも係わるシンポジウムの記録[*1]という形で、そしてもう一つは、食前酒をのんでいたとき、「ベルクソンの哲学はシステムをもつと思いますか」という不意を衝くアンドレ神父の問いかけの形を通して。実を言うと、その二、三日前から、私は以前から気にかかっていた「見えるものと見えないもの」の解説書[*2]を拾い読みしていたところだった。それで暖炉の前でとる食前酒のとき、話が心身問題に及び、それに関連して中村さんの本と神父様の質問が飛び込んできたという次第だったのだ。

何回試みても、読んでいる間は判ったような気になるのだが、後になると何を読んだのか判らなくなる――とある訳者[*3]が洩らされていたが、私も全く同じ経験をもっていた。しかし、いまでは多分その理由は判っている。ベルクソンは、周知のように、「純粋持続（durée pure）」を論じているのに、私は分析的立場からそれを理解しようとしていたのだ。あらゆるもの《レス》（物質、精神）を持続の相の下にみようとする場合、みる者も持続の「流れ」の中に透入し、自らをもその「流れ」に「合致」させるしか、それを本当にみる方法はない――多分彼はそう考えたに違いない。実際、持続をその外にいて分析するということは、持続の「流れ」をとめ、生きている「流れ」を「死んだ物質」の集積として扱おうとすることにほかならないだろうから。だが、分析を捨て、知（多分理性）によらないとなると、彼は何に頼ろうとするのだろうか。言うまでもなく、「直観（intuitio）」――彼の場合は補助的方法として「真実の系列」を併用するが――である。しかし、「直観」とは何だろうか。中村さんが引用されている[*4]ベルクソン自身の二つの定義（見方）では――

（1）直観的に考えるとは持続において考えるということであり（……）直観は運動から出発して運動を実在そのものとして（……）認知する。（……）直観にとっては、本質的なものは変化である。（一方、知性は通常不動なるものから出発し（……）事物を与えられたものとすることによって安定したものと考え、変化は事物に付加される偶有性とする。）

（2）知性による分析が、何らか一定の観点から対象を、対象除外のものと共通する既知の要素へ還元することによって認識する方法であるのに対して、直観は「われわれの対象がもつユニークなところ、したがって表現できないところにわれわれを一致させる共感である。」（傍点原文）

つまり、直観は運動を運動の状態で捉える。（したがって、運動を運動の軌道から再構成するようなことはしない。）と同時に、直観は対象の通常は表現できない（ここで言う表現とは知による分析‐再構成を意味するから）ところへ直ちに赴き、「共感」によってそれを捉える。だから、直観によって捉えられたレス、持続の相の下にあるレスも、通常のレスとは異相の姿を示すことになる。例えば、「創造的進化」はどのように進んで行くのか。普通なら諸要素とでも言うべきものの「集積」がそれを進めるというところだろうが、ここでは「生（vie）」の「（爆発的な）分化」がそれを推し進める。あまりにも有名な「眼の形成」の例——生命の視覚への傾向が物質的諸要素を貫いて「分裂」することによって眼という器官が形成される——は、その考え方を直截に示しているだろう。はじめは異様で納得し難く感じられるかもしれないが、仮に知的分析、その結果の知的再構成が一切不可能な場を想像し得れば、このような考え方——運動に沿い運動に「共感」する（確かに「共感」という言葉には違和感はあるが他に適当な用語が思い当らず、ましてや、共感は一体化を意味せず、それが沿うレスとの間に僅かながら空《す》き間を残しているのであれば）という考え方以外に適切な接迎法があるとは考え難い。（混乱を避けるためにここでは直観と知とは切り離されたものとして扱っているが、本当にそれでよいのかということがいま少しあとになって再び問題となって浮上するだろう。）

では、この「直観」を動かして行く「原理」乃至は「論理」は何だろうか。先に挙げたシンポジウムの記録[*5]では、それは「類似（アナロギア。それも比例性の類似と帰属性の類似の両方）」以外には考えられない、ということになっている。この二つの類似は聖トマスの「アナロギア・エンティス（存在の類似）」から分化したものとされているから、ここにも聖トマスの翳がおちていると言って言えないことはない。ついでに言えば、かのミッシェル・フーコーも『言葉と物』の中で、「十六世紀のおわりまで、西洋文化の知においては、「類似」

が構築する役割を演じていた」（傍点引用者、直観においては、となっていないことに注意）と述べている由である。ところで、このようなことを何故ここで書いているのかと言えば、ことは結局はこの間の神父様の質問に係わってくるからである。その場では十分な答えがでてこなかった私は、次の機会に、システムと結びつくのは理性（ratio）だと思うので、直観（intuitio）によるベルクソン哲学が明確なシステムをもっているとは思えませんと答え、ついでに図に乗って、スコラ以来カントに転倒されるまで続いてきた知性（intellectus）／理性（ratio）／感性（sensus）という序列を前提とするとき、一般的に直観（intuitio）はどのあたりに位置するのか、と聞いてみた。ところが、これが混乱を（主として私の方に）ひき起こしてしまった。たがいに相手の言葉が判らず、手振りや図と単語だけの混乱したやりとりのあげく、戻ってきた神父様のメモには次のように書いてあった。

Ratio → Veritas / Intelligenitia + Intuitio → Verum
Deus non est Veritas, sed Verus[*6]

はじめは面くらっていた私だが、その後何度もこのメモをみて他の本にもあたりながら考えているうち、このメモには私が次にしようとしていた質問への答えまでもが含まれているような気がしてきた。つまり、このメモを私なりに解釈すれば——

（1）直観と知（性）とをいったん切り離してみよう。

（2）すると、直観も認識だから、知（性）を中心とする「表側」の三層の序列に沿った「裏側」として「立つ」ことになるだろう。

（3）しかも、時代によって、この直観は表側の知の中に——特に最上位のintellectusの中に——入り込んで一体となる。ただ、その性格（システムの不要性）からみて、推論的理性（ratio）とは一体化することはない。

（4）カントはintellectusを徹底的に切り詰め、理性の下層におし込めたが、このとき、直観も知的直観[*7]（intuitus originaris）は人間には不可能であるとして感性的直観[*7]（intuitus derivativs）にまで切り詰め、「悟性（切り詰められた知性）」の下におし込めた。

（5）しかし、直観と知（性）とが切り離されているとすれば（4）は無効であり、intellectusが切り詰められたとしても、直観はかつての輝かしいintellectusの高みにまで届き得るものではなかろうか。……

もっとも、神父様が本当にこのようにお考えになっているかどうかは私には判

を形成する〈現実の分節〉と〈交差化による同化〉を規定する〈事実の線〉とである」（傍点原文）となっていて、やや異化と同化を強調する訳になっている。だが、と私は思うのだが、何故〈事実の系列〉が直観に有効に働くのだろうか。まさか、ポストモダン特有の異化・同化などという対構造化がその支えである訳でもないだろう。そうではなくて、いままで直観と知性とを切り離して話を進めてきたが、直観も知性も「私」というこの「indefinite」[*9]な心身から「のびている」以上、どこかで必ずや通底しているのではあるまいか。現に、ギリシヤ語のヌース（nous）は高度の知的直観能力と訳されることが多いし、ヌースはアリストテレス以降新プラトン主義を経て中世末期のクザーヌスに到るまで最高の認識能力という意味を保持していたという見方も強い。更に言えば、ヌースのラテン語訳インテレクタスを直知と解することは、ある時期までは普通のことであった。このような意味では、元々高度の直観と高度の――つまり、カントによって切り捨てられた部分――知性とは同じ能力、あるいは同じ能力の二つの側面であったのではなかろうか。勿論、それを実証する力は私にはないし、ただ私の「直観」がそう囁《ささや》いたというだけの話だが。ただ、ベルクソンの場合、ここにも悩ましい問題がもう一つある。最後の主著『道徳と宗教の二源泉』では、〈事実の系列〉の中に〈神秘家（の証言）の系列〉というらない。むしろ、カントの切り詰め自体を否定されている公算が高い。しかし、私の解釈がある程度あたっているとすれば、ベルクソンの直観重視のものの見方は、純粋持続‐直観をもちだすことによって、カントの「科学的な見方」——要するに、超越者を括弧にいれて触れないという見方——に対する痛烈な抗議にはなり得ていると思われる。しかし、その一方では、ベルクソン自身「哲学者として自らに課した制約」＝「科学としての哲学の建設」によって、超越者を自らの哲学の中で十全には展開できなかった（展開しようとはしなかった）から、問題はそれほど簡単ではない。

もう一度元に戻って、「事実の系列」を補助手段としてもつ直観とは何かということを考え直してみよう。中村さんの本では、「〈差異の享受〉としての直観と、それを補助する〈事実の系列〉の方法を比較して、直観が差異による現実の裁断（decoupage）であるのに対してそれを補助する〈事実の系列〉の方法は〈交差〉（recoupement）を意味しており、後者はベルクソン哲学の〈実証主義〉的側面を示すもの」というドゥルーズの見方が紹介されている。また、シンポジウム記録にも殆ど同じ部分の引用がある。[*8] こちらは「ドゥルーズは実際、ベルクソン的直観に二つの努力を見分けている。すなわち、〈切断による異化〉

が構築する役割を演じていた」（傍点引用者、直観においては、となっていないことに注意）と述べている由である。ところで、このようなことを何故ここで書いているのかと言えば、ことは結局はこの間の神父様の質問に係わってくるからである。その場では十分な答えがでてこなかった私は、次の機会に、システムと結びつくのは理性（ratio）だと思うので、直観（intuitio）によるベルクソン哲学が明確なシステムをもっているとは思えませんと答え、ついでに図に乗って、スコラ以来カントに転倒されるまで続いてきた知性（intellectus）／理性（ratio）／感性（sensus）という序列を前提とするとき、一般的に直観（intuitio）はどのあたりに位置するのか、と聞いてみた。ところが、これが混乱を（主として私の方に）ひき起こしてしまった。たがいに相手の言葉が判らず、手振りや図と単語だけの混乱したやりとりのあげく、戻ってきた神父様のメモには次のように書いてあった。

Ratio → Veritas / Intelligenitia + Intuitio → Verum
Deus non est Veritas, sed Verus[*6]

はじめは面くらっていた私だが、その後何度もこのメモをみて他の本にもあたりながら考えているうち、このメモには私が次にしようとしていた質問への答えまでもが含まれているような気がしてきた。つまり、このメモを私なりに解釈すれば――

（1）直観と知（性）とをいったん切り離してみよう。

（2）すると、直観も認識だから、知（性）を中心とする「表側」の三層の序列に沿った「裏側」として「立つ」ことになるだろう。

（3）しかも、時代によって、この直観は表側の知の中に――特に最上位の intellectus の中に――入り込んで一体となる。ただ、その性格（システムの不要性）からみて、推論的理性（ratio）とは一体化することはない。

（4）カントは intellectus を徹底的に切り詰め、理性の下層におし込めたが、このとき、直観も知的直観[*7]（intuitus originaris）は人間には不可能であるとして感性的直観[*7]（intuitus derivativs）にまで切り詰め、「悟性（切り詰められた知性）」の下におし込めた。

（5）しかし、直観と知（性）とが切り離されているとすれば（4）は無効であり、intellectus が切り詰められたとしても、直観はかつての輝かしい intellectus の高みにまで届き得るものではなかろうか。……

もっとも、神父様が本当にこのようにお考えになっているかどうかは私には判ものが入ってくる。そして、これに対する応接によって、『二源泉』の、ひいてはベルクソンの扱いが変ってくる。その典型例がさきほどのドゥルーズで、彼は神秘家の証言を〈事実の系列〉として認めず、『二源泉』自体を考察の対象から完全に排除した。その一方では、その証言にある種の「反響を聞く」〈自らの内に聞くのである〉人達もいるわけで、彼等の多くはそれを〈事実の系列〉として受け入れる。ところが、この場合には、系列の交差が従来とは異なる「次元」で生じるという問題が生じてくる。もっとも、ベルクソン自身は自らが接した神秘家の証言を直接扱わず、権威ある神秘主義研究家の著作からその証言を集めていることによるからか（?）、〈神秘家（の証言）の系列〉が、従来の〈系列〉同様の客観性をもち、したがって、〈交差〉の方法も従来と同質の客観性をもって成立する、と考えていたようなのだ。そして、このようなベルクソンの確信の中には、彼自身も「神秘家の証言」のぬきさしならぬ反響があったことを窺わせるとともに、事実、この反響によってであろう、彼は自らの「哲学の神」に、「神は愛であり、愛の対象である」という性格をつけ加える。にもかかわらず、「哲学の神」たる根本性格はそのことによって変ることはない。これは、科学としての哲学、経験と推論による哲学という意識が、彼のうちでいかに強かったかを示しているだろう。

（しかし、こう書きつぎながら、次第に私は夏の昏さの中に沈みはじめる。問題の根は、多分、依然として、「直観」とは何かということに係わっている。「直観」とよばれている「認識乃至は経験」には二つの様態があって、一つはいわば無限遠点における定点（この場合、もはや定点なるものは存在しないと考える方が正しいだろうが）からの直接的な全体把握、そしていま一つは、「流れ（持続）」の中に一挙に身を置き、その「流れ」つまりは流れの質的変化を直接把握していくというありようがあると思えるのだが、この二つのありようはどういう関係に立っているのだろうか。もっとも、ここで問題になっているのは明らかに後者なのだが、アンドレ神父との対話の解釈では、私は前者の見方に流れているようにみえる。あげくのはてには、私は別の「手引書」[*10]で「〈持続〉の有機的関連の総体として生物や進化をとらえ、〈エラン・ヴィタール〉という創造的飛躍をあらわす概念で、生命の運動を造形したベルクソン」[*10]なる文章にまで出会ってしまう。これではベルクソンの哲学はシステムをもつことになってしまうではないか。それにもかかわらず、私はなお、直観の二つのありようは同根だという見方を捨てたくはない。例えば、見方によっては、直観の二つのありようは、主を戴く「世界」での直観と主なき（主を括弧にいれた）「世界」での直観をあらわしているとは思えないだろうか。つまり、元々は一つの概念であったものが、時代の推移とともにその地盤に裂開が生じ、その裂け目の両岸に分立してしまった、とでもいうように。それとも、考えるということは、私の「内」や「外」にこのような昏さをうむものなのか。）

いずれにしても、ベルクソンがシュヴァリエとの対話の中で、「パルカスが《アブラハムの神、イサクの神、ヤコブの神にして、哲学者と学者の神にあらず》と言うとき、私は彼を完全に理解します」と語ったのは一九三八年、『二源泉』発表の六年後、死に先立つこと四年のときであった。しかも、そのとき、彼は哲学者としてではなく、一人の人間としてこのことを語っている。……いつのまにか夜は深まり、私の部屋の貧しい明りを除いては、森全体は何一つみえぬ少し濡れた闇の中に沈んでいる。……翌朝、六時頃目覚めた私は、水を飲みに向かった台所の東側の窓の向こうに、微かに燦めく小さい流れのようなものをみた。そこからみえる森は、大小様々な木が群がり交差していて、梢の部厚い繁みとともに白昼でも薄暗いあたりだった。一瞬新しい水脈があらわれたのかと思ったが、次の瞬間、目を凝らした私に三重ガラスを通して浮かんできたものは、一箇所梢の部厚い繁みに穴のようにあいている欠所だった。おりしも上ってきた光が、その欠所で小さく渦巻き、光の滴を木々の根元に滴らせる。光の滴は、木々の間、下草の間を曲折しながら拡がって行き、丁度私が台所に立ったとき、光の傾きの具合いで一斉に点々と連なりながら輝いたのだ。……私は、まだ半ば昨夜の中にいた。ベルクソンの観ていた神秘家は、アヴィラのテレサをはじめとしてことごとくが「観想（神との合一）」、「暗夜（浄化のための神との離別）」、「行動（神と私との意志の一致）」という経過を辿っており、よく思い違いされるような「忘我」や「法悦」でおわる者は一人もいなかった。……そして、そのことに思いが到ったとき、燦めく「小川」をみつめている私の中で、長い間心の片隅に滞っていたエックハルトの「マルタとマリア」の教説が、次第にほどけてゆるみはじめるのを私は感じていた。……

できません。（中略）この朽ちるべきものが朽ちないものを着、この死すべきものが死なないものを必ず着ることになります」（一コリント一五―四二～五三、傍点中村氏）（二一二頁）。

・《朽ちる体》を脱ぐのではなく、その上に《朽ちない体》を着るということは、《私》の地上の命と、《私》の永遠の命とのあいだに、次元の違いを超えつつも、本質的継続性が存在することを意味しているであろう（二一四頁）。

・（そして、このことを踏まえた上でなされる決定的なバルタザールの次の引用（二一四～二一五頁）。）

「イエス［復活のキリスト］が彼の傷を見せたことが肝腎である。手も足も、そしてわき腹も、不信のトマのために。しかし、それは決して自己証明のためだけではなく、地上の苦しみは、永遠の命の栄光のうちにまで、変容しつつ存続することを証明するためであった。主の十字架以上に深い決定的な苦しみは未だ嘗ってなかった。それは決して過ぎ去った何ものかとして越えられるものではないのだ。（中略）復活においては、時間的苦しみのすべて、世の苦しみのすべてが、永遠のゆるぎない意義をもって現れる。（後略）

それは地上で苦しみ、自分の苦しみに意義を見出せない人々にとって何といる（一五三頁）。
・（「あなたの信仰があなたを救った」（ルカ一七―一一～一七）というキリストの言葉は、癒やされたのは《体》だけではなく、《あなた》という全人的命であることを示している）（一六二頁）。
・（「一テサロニケ五―二三」につけられたフランシスコ会訳注。――「本節の『霊、魂、体』の三つの用語は、ギリシャ哲学に見られるような人間の三つの別の部分を表わしているのでなく、むしろユダヤ教的思想の流れを汲み、それぞれ三つの異った視点からみた人間の全体を表わしている。」――《魂》《体》を、二元論的な個別の実体としてではなく、本質的には《人間の全体》に包括されるものとして捉えるべきであり、それがユダヤ的思考の本来のあり方である、とこの訳注は教えている）（一六四頁）。
（4）（そして、いままでの文脈とは少しずれるが、私を震撼させた次の引用（二〇六頁）。）「一つの霊によって、わたしたちは、ユダヤ人であろうと、ギリシャ人であろうと、奴隷であろうと、自由な身分であろうと、皆一つの体となるために洗礼を受け、皆一つの霊をのませてもらったのです」（一コリント一二―一三、傍点中村氏）。
（5）「兄弟たち、わたしはこう言いたいのです。肉と血は神の国を継ぐことは

i 午餐

その日は朝からよく晴れていた。十一時半からはじまるミサの前に少し時間があったので、中村弓子さんの本で付箋[*1]をたてた部分を、心身論を中心に少しだけ書き写すことにする。

（1）福音書の真のメッセージは、いかなる哲学的体系によっても偏りを蒙らない（一五三頁）。

（2）理性あるいは直観から信仰へと向かう運動は考えられない。また、信仰においては全てが超自然的であり恩寵である（エチエンヌ・ジルソン）（一五五頁）。

（3）魂と体の不可分性は、キリスト教思想の中軸である（エマニュエル・ムーニエ）（一六〇頁）。

・キリスト教において本質的であるのは、魂（âme）と身体（corps）の区別ではなく［心身二元論ではなく］、《生命（vie）》［の一元論］である。キリストはその《生命》を癒すのであり、キリストの救いの約束とは《生命》の癒しが究極的には《永遠の生命》への復活のうちに成就することの約束であ

う希望であることか！　地上の苦しみは神のもとで、神秘的に豊かなるものとして受容されるのである。」

＊

日曜日、四、五人の信徒が参加する、森の中の小さいミサのあと、神父様と姪と私とがあとに残って（姪の聖室が集会所となっていた）昼食をともにすることがよくあった。その日は午後になってもよく晴れて暖かい日だったので、食事はベランダでとることにし、皆で——とは言っても、私はちょっとした運びものを手伝うことしかできなかったが——その準備をした。ベランダの周囲は大小様々な木々で深く覆われているのだが、丁度ベランダ左側の曲り角の上空だけは、大きく円形に空《あ》いていて、そこから明るい初秋の日差しが降り注ぎ、ウッド・デッキの手摺りの上などに置いてあるいろいろなプランターや鉢植えの花々の顔を輝かせていた。そして、その花々の間には、ヒマワリの種が入っている、アフタヌーン・ティのスコーン入れのような二階建ての円形鋳銅の餌台もまじっていた。あるとき、私はそこで何匹かの栗鼠やハクビシンまでみかけたことがあるが、勿論それは小鳥達のための餌台だった。その日も、顔に朱色の斑《ふ》のある小鳥と斑のない小鳥とがかわるがわるにやってきて、種をつつき、すぐまた上の方に飛んで行き、そしてまた戻ってきて同じ仕種を繰り返していた。もうよくは憶えていないのだが、その日のメニューは、神父様ご手製の野菜のポタージュ、アボガドなどの入っているちょっと濃厚なサラダ、そして軽い目の肉料理にチーズと果物だったように思う。パンはいつものように神父様が少しずつ切り分けて配って下さるのを待っていた。以前は、このテラスの上のテーブルでも、真中のパラソル立てにパラソルを差し込んで食事をしていたのだが、いまではすぐ横の二本の楓の木が大きくなり、その広がった枝や葉の蔭が、うまいぐあいにパラソルの代りをつとめるようになっていた。見上げれば、枝分かれの多い細い楓の枝々は、重なりあって、編みあげた葉裏のドームのように広がり、枝の細さが小鳥達の脚の小ささによくあうのか、いつのまにか小鳥は四羽に増え、思い思いに自分の枝を占めていた。でも、それも少しの間で、突然一羽が枝を離れ一直線にドームの中を横ぎって、反対側につんととまる。ときには、二羽が十文字に交差しながらドームの中を飛び交い、それにも飽きると、真直ぐ餌台に降りてきて、ちょんちょんと啄んでは元の枝へと戻って行く。私達は、それをみながら葉裏の明るさの中で、食べ、飲み、たあいもない話をしていた、とはいえ、フランス語の喋れない私は姪に通訳してもらいながらの会話だったが。そして、神父様はいつものように、肉の骨の部分などを肩越しにぽいと蝶を驚かせながら森の深みへと投げ込み、私に片目をつぶっておみせになった。……おお、いつもと同じでありながら、決していつもとは同じでないその日の午餐よ。そのとき、私は何故かライプニッツの微小表象のことを思いだしていた。私達の意識には決して上ってこない微小表象、そのためにライプニッツにとっては「中心の明るい光の領野だけではなく、その周りに薄暗くぼんやりと広がる領野、縁の方はほとんど闇にしかみえない領野をも含めて、すべてが〈自分〉である」[*2]ということになるその微小表象。あたかもそのように、その日の午餐の明るみは、いま思い返すとき、その遠い周辺部の闇なす裾野をひきずりながら、私達を、いや私を、みつめ返していたに違いないのだ。

iii　ライプニッツの庭

この森では、みとれるような山荘や庭も少なくはないが、散歩にでてそこを通り過ぎるたびに立ち止まり、見入ってしまうような場所は一つしかない。夜、鹿の家族が横断って行った森の「大通り」を南へと下り、つき当りを東へと曲る角にそれがある。大通りからはその裏側しかみることはできないけれど、それでもそこをそのまま素通りすることは難しい。裏庭は、勿論、それほど広くはないが、生籬越しに見ると、樹の切株が二つ三つ、古い木の椅子、木製の車輪のようなもの、しだれている細い何本かの木、そして冬支度の薪の束が積んであり、その横のひときわ大きい苔むした切株の三箇所ほどの窪みには、それぞれ色の異なる草花が植え込まれて咲いている。小屋の裏窓は外開きになっていて、その木の窓枠にはいつでも切株の花とおそろいの鉢植えの花が置いてある。だが、それよりも常に私を惹いてやまないのは、両開きの窓の少し上に、不思議な角度で重なっている青銅製の屋根の色と形……丁度、一枚の薄い青銅の延べ板を叩きながら複雑に折り畳み、捩りを入れて両端を立てたような形とそこにおちる複雑な翳……だから、裏屋根をみあげていると、どうしても正面側の形や色がみたくてたまらなくなる。その日も、大通りを東へ向かっていたのをとって返し、角まで戻ってくると、九月の終り近くだったが、その「ライプニッツの庭」の北西の角には、驚くほどに大きい蒼白のアジサイの花が盛りあがるように咲いていていた。言い遅れたが、私はこのこぶりな山荘と庭をひそかに「ライプニッツの庭」とよぶようになっていたのだ。

周知のように、ライプニッツはバロックの哲学者、というよりは十七世紀の万能の巨人だが、終生論理的であることを手放さなかったと言われている。しかし、その一方では、生涯にわたり現実と夢との区別がつかないような神秘的な感じをも深く漂わせている。これは一つには、彼の思考の範囲というか傾向が、はるか盛期スコラに戻るかと思えば、現代なお鮮度を失わない巨大な射程をもち、いま一つに、彼自身専門の哲学者ではなく、外交官を含め多くの顔をもち、多忙をきわめた生涯の中、まとまったスケッチは僅かに二つ、それ以外は主として手紙や断片メモでしかその考えを述べていないということにもよるだろう。しかも、その何千通という手紙にしても、送る相手にあわせてバイアスがかけられており、彼の本当の考えを知ろうとすれば、逆バイアスをかけて読み直さなければならない、とも言われているのだ。このようなライプニッツを私

（達）はどのように捉えようというのか。

（ライプニッツの場合、何よりも彼を捉えようとする者の立つ位置どりが難しい。その位置どりによって、彼はどのようにでも――と言いたいぐらい――動くから。そこで、これは私の勝手な思い込み以外の何ものでもないが、ライプニッツはレスあるいは「世界」に対して常に二つの把握を試みていたと考えたい。一つは総体把握とでもよぶようなもの、そしていま一つは実体把握である。しかし、総体把握は、有限的存在者である私達には本来不可能なはずである。にもかかわらず、総体把握、言い換えれば「地平」のようなものがなければ、私達には「個」なるものも浮きあがってはこないだろう。[*1] また、例えば、ライプニッツの有名な「理由律（在るものには必ず在る理由がなければならない）」や「不識別者同一の原理（存在するものはすべて差異を有する）」にしても、総体把握を抜きにしてはそれらは考えることさえ無意味だろう。実際、必ずとかすべてとかは論理（の論述）形式のようにもみえるけれど、それは総体把握としなければ、何の意味をもたないと思われる。逆にあとからみていくように、アヴィラのテレサ体験や微小表象はある意味では総体把握の存在を裏づけるとみることもできそうだ。要するに、ライプニッツの庭が成立するためには、まずその「外」を鹿のいる深い森が、その森を無数の星の微光が、深々と取りまいていなくてはならないのだ。——

では、実体把握の方はどうか。思えば「実体」という言葉（概念）も長い歴史をもつ言葉で、間違っているかもしれないが、アリストテレスの「ヒュポケイメン（基体：様々な属性の担い手、主語：様々な述語の担い手）」がそもそものはじまりらしい。それが次第に「変るものの基底にあって変らないもの＝実体」となり、やがては「意識から独立した存在者」等という意味にもなる。これも私の当て推量だが、ライプニッツは少し先行する[*2]デカルトと対抗する立場をとっていた。例えば、デカルトが「自然」を「延長」として捉え、「運動（量）」を重視したのに対し、ライプニッツは「自然」を——彼の用語では——「形而上的」に捉え、運動よりもそこで働く「力」を重視する立場をとる。これが明確に表面化するのが、有名な「活力論学」とよばれる力学上の論争だが、複数の運動する物体が衝突した後、全体として不変に保存される量は何かというのがその問題である。デカルトはそれを運動量つまり質量×速度と考えたが、ライプニッツは質量×（速度の自乗）つまり運動エネルギーと考えた。これは一つの例だが、このことからも想像されるように、「個」についても両者の見方の感触はかなり異なっている。デカルトの場合には、ウィリアム・オッカム以降の唯名主義《ノミナリズム》の流れに沿っているが、ライプニッツはこの流れを溯上し、ドン・スコトゥスの「このもの性（という「実体形相」）」に辿りつく。では、このことによって、ライプニッツは実体としての個に何をみたのか。一口に言えば、「汲み尽し得ない」ということをみたのだと私は思う。つまり、それは私達の認識の「対象」として簡単に処理し得るものではない、ということである。結論を先に言ってしまえば、いまからみていくように、「モナド」という異様なものは、いままでみてきたような総体把握と実体把握とが交差するところに立ちあがってくる「何か」だと私は考えたいのだが、その前に元に戻って、「ライプニッツの庭」の正面はどうなっているのかをみておこう。）

アジサイの咲き乱れる角を南へと曲る、とたんに道が細くなる。実際、そこに散歩道という道標がなければ、私道とみ紛うばかり。一つには、この小径の庭と反対側にはこの森では珍しく荒蕪地（あるいは何かの工事を中断した大きい敷地）が広がっていて、そこには僅かな灌木の茂みと瓦礫、それに蔓の絡んだ数本の細い木と熊笹を除いては何もない。だが、よくしたもので、小径を辿る人には、左側の洋風の庭に気をとられて、反対側は日の白い光か「空白」のよぐにしか記憶にに残らない。そして、その小径に少しうねるように続き、やがてすぐ先の別の森へと消えて行く。ここでも小径と庭とは裏側と同じ高さの生籬で仕切られていて、角から五、六歩行ったところに、小さい白い花が、点々と咲く巻き蔓に装われた鉄製のアーチがある。はじめ私は裏門かと思っていたのだが、腰ぐらいまでの木の開き扉や鍵があるし、その先は平石を敷いたエントランスになっていて、アーチと同じ形をした山荘の赤い木の扉にまで続き、扉の右肩には文字が浮彫にされた銅製の板やステンドガラス風のランタンまであるから、やはりここは表門なのだろう。生籬はそこから先もしばらくは続いている。私はみたことがないが、花の季節ともなれば、この生籬も何色か小さい花で一面に装われるに違いない。生籬越しにみえる庭は、それほど大きくはなく、洋芝にしてもそれほど手入れが行き届いているようにもみえないのだが、いつみても何か夢の中でそれをみているような気持になる。木は楓など種類の異なったこぶりなのが十本ほどあちらこちらに枝を広げ、それらの間には大きな岩や小さい茂みが様々な色の花々とともに点在する。また、それらの間からテラコッタや石の置きものがふと顔をだしていたりもする。湧水の流れはよくみえないが、地形の関係で庭の北西側は南東側より少し高くなっていて、その傾斜を幾つかの木の段差を造って複雑な陰翳でおおっている。そして、庭も生籬も東側で尽きるあたり、杉の並木のようなもののそばに、小型車が一台入れるくらいの砂利路が庭を横切り、その奥に簡素な木組みだけの亭屋《あずまや》がみえている。微かに私を包む風の流れ。ふとわれに返り、視線を少しだけ奥へと走らせる。こちら側からみても、建物や銅屋根に大きい変化はない。ただ、建物の形状や銅屋根の重なりぐあいがより複雑さや出入りを増すくらい。もっとも大屋根の両側に捩れ立つ西側の三角錐は煙突になっており、東側は少し後退して一種の塔になっている——そのことははっきりみえる。そして、銅屋根の重なりの思いもかけぬところから、銅製の樋らしいものがこちらに突き出していて、すぐ横の壁にも小さいランタンが吊り下っている。それから、大屋根中央部の屋根裏部屋（だろう）の窓は、あい変らず両側半開きになっていて、その木枠にも裏窓と同じ鉢植えの赤い花が置いてある。一階部分の壁は、木枠を残してあとは漆喰で波打つように部厚く塗られているが、壁全体はかなり複雑に湾曲し、残り¼あたりから屋根もろとも急に後退して、一筋の光を残し、昼間でも暗闇の中に曖昧に沈み込んでいる。だが、それよりも私の目をひくのは、玄関付近から庭の中にせりだしている面とり硝子でおおわれた十二畳はあろうかと思われる部屋（リヴィングだろう）の光景。よくみると奥の方に煉瓦造りの暖炉らしいものがみえ、その上にも花を活けた壺とおそらくは骨壺も一つ置いてある。リヴィングの居間には、多分壁に沿って円形の切れ目のないサテンのソファも置いてあるのだろう。言い忘れたが、建物がこのように蔭の部分を数多く含むせいか、庭も晴れた日でも半分は薄闇が尾を曳いている。そして、何よりも妙なのは、庭と建物の境目がいくら目を凝らしてもよくはみえないこと。例えば、庭をみているると建物は白い闇の中に後退し、建物をみていると庭は靄につつまれて私から離れて行く。そうだ、おそらくは、ここ「ライプニッツの庭」では、庭と建物の境目から、たえず私（達）には感じることのできないある種の靄が湧き出し続けていて、そこを森の中の、孤独な離れ小島へと変貌させているのだ。……

ところで、ライプニッツの思考を追おうとする場合、思考の大きい枠組み（ある意味では総体把握と重なり合うが）をみておくことは何かと有益かと思われる。そして、倖い彼は三十代の頃、「形而上学叙説」というまとまったスケッチを残しているのだ。このスケッチは下村寅太郎氏[*3]によって更にコンパクトにまとめられているので、以下下村氏の要約をそのまま写させて頂くこととする。

（1）神は絶対的に完全な存在であり、完全な知性と完全な意志（＝完全な行為と創造）をもつこと。

（2）すべての知識は言語・述語の形式の命題よりなり、一方、すべての存在は実体とその属性により成ること。また、すべての実体は作用すること。
（以上の神と実体の「本性」の帰結として、次の神および実体に関する形而上学的原理は導来される。）
（3）・神の意志する行為、および神の被造物としての世界の絶対的完全性が神の知性に「依存」し、神は決して理由なしには行為することはなく、また世界においては一切の出来事は秩序においてあること。
・多くの可能的秩序が存在し、それの中で神は「最善」のもの（条件において最も単純、結果においてもっとも豊富、人間の最大の福祉を産出）を創造することを欲する。しかし、神の完全性は人間には一部分しか知られないこと。
（4）・あらゆる実体あるいは主語は――
ⓐ無時間的なすべてのそれの現実的な属性、あるいはすべてのそれの真の述語を演繹する理由あるいは根拠を含むこと。

ⓑ実体は宇宙的秩序においてあらゆる他の実体に関係すること。
・これらの理由とこの秩序は、理由と秩序の多くの可能的体系の一つであり、かつ最善のものである（偶然あるいは事物の存在の原理）。それに反し、神の知性の中にある諸要素（永遠原理）は一つの必然的秩序をもつ。しかし、属性

が実体に属する根拠は人間には一部しか知られないこと。
（これらのことから「各実体は［それぞれ］一視点から宇宙を表現・表出することが類推される」。）

スケッチで次に来る「自然哲学」（主として、力学の根本原理である「保存律」も形而上学的な基礎づけを必要とする自然法則であり、「実体形相」を要請し、（運動）力と運動とは峻別されるべきこと等が論じられる）の部分は省略するが、以上のような体系の基本原理からして、哲学の基本的問題が、神の実体に関する規定として解明されるというのがライプニッツの考えであった。例えば、認識論は「神はいかに人間の知性に作用するか」の説明として、また行為の理論は「神はいかにしてわれわれの塊を強制せず傾動せしめるか」（傍点原文）の説明として表わされる、というように。そして、これらの説明の基礎をなすもっとも重要な契機は「おのおのの実体は神と宇宙を表現するという基本的なアナロジーだった」（傍点原文）というのが、下村氏がここで書き留められていることである。

ところで、この要約を一瞥しただけでも、晩年のもう一つのまとまったスケッチの要点の大半がここに含まれていることは容易に了解されるだろう。事実、

「モナドロジー」と俗称されているそのスケッチは、「叙説」の具体化（誤解がなければ「可視化」）とも思えるものである。しかし、具体化が原理をより把握し易くするかといえば、ライプニッツの場合には必ずしもそうではない。モナドという「何か」、それは具体化すればするほどこの正体がみえにくくなる不思議なレスだと私は思う。とりあえずは、ライプニッツによるその定義「モナドとは合成体に含まれている単純な（言い換えれば、部分がない）実体のことである」を受け入れよう。そして、さきほどの（2）や（3）とこの定義を突き合わせて考えていくと、例えばモナドとは「生命と力とを有し、この世に一つしかなく、分解もできないレス」という解釈に辿りつく。ここで、「生命と力を有する」のは「実体は作用する」ということの言い換えだろうし、「この世に一つしかない」のは「各実体は一視点から（のみ）宇宙を表現・表出するからだろう。では、モナドがする作用とは何か。ライプニッツによれば、それは（仏語で）perception と appétit の二つである。ただし、両者ともにここでは普通よりははるかに広い意味内容を与えられている。perception は普通は「知覚」と訳されるが、ここでは「表象」という訳語に相当する内容をもち、appétit も「欲求」ではなく、表象が変化しようとする力という意味で捉えられている。……（これは単なる一例にすぎないが、語義解釈のほかにも実体把握そのものに係わる例もある。例えば、モナドだ実体（形相）の行きつく先だと考えてみる。ではこの「消えない泡」のようなものには内／外があるのかと問えば、一応はあるということになっている（「モナドには内／外があるのかという有名な言明を考えよ！」）。だが、内／外があるということが「泡」にとって何か決定的なことかと言えば、必ずしもそうではなく、本当は内／外と「言っているだけ」にすぎないのかもしれない。とにかく、モナドは実体（形相）だから、自同律によって（だろう）内／外があるはず（同一性の通用するところが「内」？）と「考える」わけで、それが「本当にそのように在る」わけではないのかもしれない。このあたり以前量子力学について考えたことに少し似ているような気もする。[*5] つまり、モナドは実在せず、モナドの経験（というか思考）だけが私達にはある、と。しかし、ライプニッツはその時代の制約によって、それは実在するとしか言えない。だから、その「泡」について、あたかもそれが実在しているかのようにいろいろなことを言いはじめる。襞、「一」なるものにつめ込まれている「多（無数）」、そのモナドをも含む（だろう）総モナドおよびその全関係系のそのモナドの中への「映し出し」……だが、このようにモナドのことをあれこれと考えていると、次第に気分が悪くなり気絶しそうな感じに陥ってくる。）

そこで、もう一度はじめからやり直すことにする。この場合、最も明快な整理が行なわれているのは、私の知る限り、坂部恵氏の議論[*6]だろう。つまり、モナドとは何かということは、

①モナドの本性、②モナドの作用とは何かをそれぞれ明らかにすることである。

ところが、ライプニッツによれば——以下私の受け取り方で言い直すと——、

①モナドの本性とは、究極的な個的実体形相であって、そこでは、ドン・スコトゥスの「このもの性（haecceitas）」と「アヴィラのテレサ体験（神との合一）」とが重なったようなものである。

②モナドの作用とは表出・表現作用であるが、モナドの本性によって、表出・表現あるいは表象は無差別になる。と同時に、この場合、表出・表現関係は（仮にモナドに内／外があるとして）内なるAと外なるAとの関係ではなく、内なる「a↕b」と外なる「a′↕b′」との関係（写像）である。

ということなのである。ここで余分な注釈を加えておくと、実体形相を重視するのは形相でなければ思考の対象とはならないと認めたからであるし、それが汲み尽せないものであるためには「このもの性」（唯一性）の重視が不可避だと考えたからであろう。また、テレサ体験とは神との合一の中世スペイン的神

秘体験だが、ライプニッツがある手紙で述べているように、合一の頂点では仮にそのとき全世界が消滅したとしても依然として全世界そのものは存在していると考えられているのだ。一方、このようなモナドの作用で表出・表現・表象の差がないというのは、テレサ体験がその極端な例であるように、この「消えない泡」モナドには「窓がない」のだから、内なる表象と外なるレス、特に他の無数のモナドの表象との間に交通（交流）するすべをもたない。にもかかわらず、それは唯一神を通して他なる無数のモナドの表象の変化を受けて（だろう）自らの表象を変化させる。だから、その作用も②のような写像作用として実現すると考えてもさしつかえないだろう。要は、モナドは無数のモナドにとり囲まれながらおそろしく「孤独」なのだから、表出（expression）にせよ表現（représentation）にせよそれらを区別する意味がないのだ。

ところで、ライプニッツは「世界」は一つの実体ではなく、いつも「寄せ集め」でしかないが、「生命体」は一個の（不可換の）「支配的モナド」と無数の（ある程度可換的な）「従属的モナド」とからできている、と考えていたようだ。[*7] とすれば、「一」なるものが「多（というか無数）」なるものをどうして包括できるのかという問題が当然生じるだろう。これは特にいままでは、襞の問題として、つまり襞に襞があり、更にその襞に襞がある無限（無数）の襞の問題として処理されることが多いようだが、微積分を開発するほどの数学者でもあったライプニッツは、級数の収斂は十分知っていたはずだから（例：$1=\frac{1}{2}+\frac{1}{4}+\frac{1}{8}+\cdots+\frac{1}{2^n}+\cdots$）、元々それほどのアポリアは感じていなかったかもしれない。ただ、それにしても、主語はその述語全体を含む（更には各述語には可能的な付属代替述語や、現在・過去・未来のそれをもすべて含む）となれば、それほどあたりまえのことではないことも事実である。

それといま一つ、モナドにも階層があると考えられていることは、アリストテレスの昔から、霊魂には階層があるという考えが深く浸透していたとはいえ、やはり注目されるべきことだろう。まず、基本的には動物霊魂に対応するモナド（単なるモナド）と理性的精神に対応するモナドとがある。両モナドはともに表象と欲求以外の何ものをも「もたない」が、後者においては aperception（自覚、意識、自覚的表象）なるものがしばしば生じて、これら二つのモナドを区分する。では aperception とは何か。粗雑に言ってしまえば、「理性に基づく自己と恩寵の原理」に述べられているように、[*8]「表象すなわち外界の事物を表現する内的状態についての……反省的認識」である。つまり、いまの言い方では、自分の意識内容を意識していること（「超越論的意識」とよばれるものに繋がっていくもの）であろうが、ライプニッツに到るまでこの事態が明確には把握されていなかったとは私には信じ難い気持がする。しかし、「私」ということが表面化してきた時期を考えれば、やはりこのことは事実なのであろう。話を戻して、モナドの階層には「自覚的表象の生じるモナド」と「単なるモナド」のほかにもう二階層があり、前者の「上」には「神（というかモナドを超えるモナドだろう）」が、後者の下位には無機物等[*9]に対応する「眠れるモナド」があって、「眠れるモナド」の表象には特に微小表象（petite perception）という名前が与えられている。ところが、これら四つの表象を並べてみると、これらの差は結局はその表象の判明さと渾然（錯雑）さとの差――これを強度の差と言ってもよいだろうが――に帰着することが判る。つまり、表象は上位から下位へと下るに従って、渾然化というかその判明さの度合いを失ってくるのである。だから、明るみという言葉を使うなら、「自覚的表象の生じるモナド」での表象は明るみの中心に位置し、表象が明るみの中心から退くとともにそれは微小表象となって闇に沈んで行く、ということになる。いや、実態はむしろ逆で、微小表象という部厚い闇に支えられてはじめてその中心部で表象が明るみへとひきだされ、遂には理性的精神が自らの中にそれを判明に把握するに到る——ある意味での「私」の発生?——と言うべきだろう。

私は再び「ライプニッツの庭」に沿って歩いている。戻り径。光の縞はさきほどよりも少しだけその走りが早くなり、木枠の窓辺も心もちその密度を増している。この建物も庭も私というモナドの裸の襞の一つとしてそこにあり、それをみながら歩いているこの私も間違いなくそこにいる。だけれども、私というモナド、aperception の生じているこのモナドには「窓がないから」、その建物と庭のモナドをみているわけでは決してない。この襞の上にあるのはそれらの翳だ。錯雑したそれらの翳。さきほども建物と庭の境目にはすでに靄のようなものが湧きはじめていた。いまではその靄、その錯雑は殆ど建物と庭の全面に及んでいる。おそらくは、その境目では少し前から「単なるモナド」から「眠れるモナド」への移行がはじまっているのだろう。それにしても、ライプニッツはどこからモナドをみていたのだろうか。多分、総体把握と実体把握が二つながらに可能になる場所。だが、そのような場所はこの「地平」のどこにあるのか。「地平」が消失して行く辺、でも、「地平」の上にいる限り、そのような辺はたえず後退してそこに近づくことはできないはずだ。それといま一つ、ライプニッツの世界には多重で部厚い「視線」が飛び交っているのに、何故「またざし」がみえないのだろう。勿論、時代ということはあるだろう。現にデカルトは、まなざしをふり切って、視線をその世界によび込んでくる。デカルトの死に接するように生を受けたライプニッツも同じ途を辿るわけだが、デカルトに比べるとき、その視線は再び折り重なりと部厚さを取り戻している。つまり、ライプニッツは、まだまなざしという深みの翳を、その揺らぎを、故意にひきずり続けようとする。実体形相への立ち戻りも、多分、このことと別のことではない。しかし、そうだとして、視線とまなざしとはいったい何が違うのか。これは単なる私の想いで、何の根拠もあるわけではないが、まなざしにあって視線からは消えているもの、それは共苦（compassion）——主がときあって私（達）にかいまみせ給う主の共苦、その深淵の揺らめきであるのではなかろうか。それ故にこそ、この「ライプニッツの庭」、それ自体より湧出する靄によって次第に錯雑の度合いを深めて行くお前は、主のまなざしの深みを受けて、真昼間なお昏々と眠りの中に沈み行く孤独なモナドの証しなのか。

塔の中で

i　シクラメン

陽はひどく遠く、塔の中は、この季節、昼なお薄暗く、底の方から常に冷え込んでくる。この季節、とは言え、今年は、森から戻ってきて以降、私には季節はなかった。窓も調度品も壁に掛けたガウンも薄闇の中に冷えて沈み、私は殆どの時間を寝台の中で過ごすほかはなかったのだ。午後も三時を過ぎれば、私の体はまともに立つこともかなわなくなり、読んでも書いてもすぐに疲れ、私の聴こえぬ右耳の奥では、その頃には真昼間でも、低く引き摺るような渦巻きがはじまっていた。そのような十二月のある日、セシリアのために生まれてはじめてシクラメンの鉢を買った。私は本当はシクラメンは好きではないが、その鉢の花はオフホワイトに近く、花芯部からごく僅か淡い紫紅色が滲んでいて、それが私を惹いたのだ。以来、その鉢に毎朝欠かさずに水を差すことが、数少ない私の慰めの一つとなった。

では、このような暗鬱の日々、半ば睡りながら私はいったい何をしていたのか。私は薄闇の中で、私の体を掠めて行く様々な想念の破片《かけら》を拾っていたのだ。何の想念？　まもなく私から離れ去る「私」にまつわる様々な想念、あるいは「私」がなくなれば、「世界」――そこにはもはや「私」はいないのだから、それは「世界」ではなく、例えば「自然《ナトウラ》」とでも言うべきものであるかもしれないが――はどのようにあらわれ（誰に？）ているのかといった妄念の拾い集め。勿論、こう思うことは間違っている。実際、「私」がないことを前提として、「私」に（／が）付着している「世界」が何であるかとか、「世界」がどうなるかなどと「私が思う」ことは語義矛盾、論理矛盾もいいところだろうから。だけれども、薄闇の中で、床から浮いた処で、目を閉じたり開けたりしていると、その行方が、微かに「みえる」かに想えることも、ないわけではなかったのだ。これは夢だろうか。いや、多分、夢ではない。げんに、このように横になっている間にも、塔の外では、確実に季節の移ろう兆しがあらわれていた。昨年は、裏山に部厚く置かれた黄色が、重なり具合いによって様々に色調を変えていくその変化をみる余裕もなかったが、気づかないうちに厚塗りの黄色は掠れたような灰褐色に変り、やがてシクラメンの鉢に水を差すとき、出窓の外で不意打ちのように雪花が舞うのを一度ならず私はみた。そして、ときにはこの地では珍しく、雪の飛沫が横なぐりに揉まれていく情景も私はみた。闇は早く到来し、遅くまで塔を包んで離れなかった。そして、私は、今度も夜の降誕祭に出ることがかなわなかった。その夜、私は寝台の暗がりの隅に薄く横たわり、闇の中で掌を合わせ、主に憐れみを乞いながら、次も出られないだろう復活徹夜祭の、何百という灯のきらめく中、先唱が高い澄んだ声で聖マリア以下諸聖人の名前を読みあげていく情景を、あたかも渚の波の中で佇みながら聴いているかのように、想い出していた。

私（達）の思考は、出発点を求めてたえず循環する。例えば、判るとは何かを知るためには判る主体である私を知る必要があるだろうし、その主体とか私を知るためには、逆に判るということがどういうことかが判らなければならないだろう。だから、私（達）の思考の循環を断つためには、循環のどこかで、仮定にしろ、措定にしろ何かその流れをとめてやる必要がある。言い換えれば、どこかの点で、それは「判っている」とみなしてしまう必要があるようなのだ。だから、話はいつでも不満足な跳躍からしかはじまることはないだろう。私が半ば睡りながら眺めていたあれら想念の破片の数々に、何らかの繫がりをつけようとするときにも、「判る」とか「私」とか「言葉」や「体」にしても何も判ってはいないのだが、それでも判ったふりをしてはじめるよりほかに、多分、やりようはないはずだ。で、それは薄々は「判った」ことにする。すると、例えば個とか関係とかいう言葉がその中から少し濃く私の方へあらわれてくるだろう。そして、あらわれてくる言葉は「私とは何か」ということをめぐるそれらの想念、いや妄念のきれぎれの破片《かけら》に何かしらとりあえずの纏まりをつけようとしはじめるだろう。

「個」という言葉を例にとってみよう。もし、個という言葉、それに伴ういまだ朧気な概念、それがなければ私（達）は思考することさえできないと思われる。何か得体のしれないこみいった塊をほどき、切り分けて行く、すると最後にあらわれてくるものが個だ。そして個が互いに異なっていて、しかも互いに関係していなければ、私（達）は何かを「みる」ことさえできないだろう。ところで、こうして私にあらわれてくる個は、はじめのうちはその意味が判らないにしても、実は昔から「二様に語られている」ということが次第に私にも「判って」くる。一つは「自然（フュシス／ナトゥラ）の部分（あるいは単位）」としての個、いま一つはヘラクレイトスの断片45がはじめて明瞭に述べているように「置き換えがきかず、汲み尽し得ない何か[*1]」としての個である。しかし、ヘラクレイトスの時代には、内／外とか魂／体とかいう関係は、思考上殆ど未分化な状態にあったとされているから、前者の個を体に、後者の個を魂に割り当てて考えることは無理で、むしろ前者を「魂」に近よせ、後者を「私」に近よせて考える方が事の性質に適っているかもしれないのである。というのは、ここでいう自然（フュシス）にしても、現在の私（達）が考えているような「死んだ」物質からなるようなものではなく、生きて生成する何かだから。二様にという意味も、例えば西欧中世の概念区別の individuum ／ singulare の先駆とみなすか、「現実」の二つのアスペクト、自然の内の諸事象の一つという面と定義不能で唯一無二であるという面との言い換えとみなした方がよいかもしれないのである。[*2]

ところで、この内／外や魂《プシュケ》／体《ゾーマ》という関係未分化の状況は、プラトン、アリストテレスの時代には、一応解消されているかにみえる。実際、プラトンはディオニソスの影響を逃れるために（?）、魂（=心）と体を分離し、心を中心にして「概念」（と「概念構造」）を成立させて、思考するということの基盤をつくった。一方、アリストテレスはプラトンを批判的に引き継いで「世界理解」へと向かうわけだが、両者の「世界」への接近方法は逆であって、大雑把に言えば、プラトンがアプリオリかつ上から下への途を辿るに反し、アリストテレスはある種アステリオリかつ下から上への途を選ぶ。より具体的に言うなら、「プラトンは可感的な存在者を超えて自立する普遍的なイデアの存在を主張するのに対し、アリストテレスは存在の根本的な在り方は具体的な個々の存在者、つまり可感的な実体において実現している在り方であることを強調[*3]」する。したがって、プラトンの場合には、「体」はひとまず括弧の中にいれられ、問題追及はひたすら「魂」の中でなされるが、アリストテレスの場合には、魂と体とは不可分であり「魂とは可能的に生命をもつ自然的物体の形相[*4]」と考えられているのである。したがって、アリストテレスの場合には少なくとも individum としての「個」は成立し得ている。だが、と私は思うのだが、私が興味をもつ「私」にみあうものは、どうもこの時代にはみあたらない。勿論、魂は「私」とは無関係ではあり得ないだろう。しかしヘラクレイトスの断片が語るような「おきかえがきかず、（……）むしろ内側から体験される」[*5]中世のsingulareにみあうような神秘性の深みや昏さが、この時代には私には感じられないのだ。多分、これは私の誤解だろう。というのは、アリストテレスにも得体のしれないものは幾つかあって、例の「能動理性（ヌース・ボイエーティコス）」など、トマスによって「能動知性（インテレクタス・アジェンス）」に巧妙に再解釈される――このことによって、多分、その内質は変ったはずだが――までその最たるものであったはずだろうから。[*6]

話を戻そう。時代はとぶが、私が次にヘラクレイトス断片45に似た肌触りの文章に出会うのは、『告白』のアウグスティヌスである。この高名な作品の中で、彼は文字通り「私」の中で「あなた」を求めてさまよい歩くようにみえる。そして、驚くべきことに、両者はともに「〈私〉の内奥部を突き抜ける」ことによって、外見的にはほぼ同じような事態に遭遇している。ヘラクレイトスはその先に万人に共通である「ロゴス」をみ、アウグスティヌスはその先にこれまた万人に共通である「あなた」即ち「主」をみるのだ。勿論、両者の間には八百年という年月の隔たりがあり、しかもその真中あたりでイエズスの生と死と復活という最大の神秘が生起している。両者の置かれている環境は激変し、扱う問題や主要な概念もまた変質している。にもかかわらず、個の中の神秘的部分とも言うべき「私」の「内」、その内奥部の突き抜けにしか求めるものが見出せないというのは一体どういうことなのであろうか。

だが、それを考える前に、アウグスティヌスの前後では何が起こっていたのかをまず確認しておこう。年表をみれば判るように、彼の生涯（三五四―四三〇）をはさむように、二つの重要な公会議が開催されている。三二五年のニケア会議と四五一年のカルケドン会議である。周知のように、ニケア会議では、神の三位一体（一つのウーシア、三つのヒュポスタシス）が、カルケドン会議ではキリスト論（一つのペルソナ、二つのナトゥラ）が、それぞれ議決されるが、いずれも議決されたとたん新しい論争が発生するといった状況であったようだ。アウグスティヌスもこの渦中にあって大著『三位一体論』をあらわしているが、その考え方は、三位一体は「あえて〈一本質、三実体〉とは言わず、〈一本質あるいは一実体、三ペルソナ〈una essentia vel substanitia tres personae〉〉と言うべきだ」[*7]というものであった。だが、アウグスティヌスの場合、そのこともさることながら「愛」の問題の方がその後の西欧精神に与えた影響は大きいだろう。ヨハネの手紙Ⅰ（四・八）にはすでに「愛することのない者は神を

知りません。神は愛だからです」とあって、愛
る。アウグスティヌスはこの基盤の上に立って、愛する
いう人における愛の三一的形態を神の愛の形態に逆投影する。（
神・子なる神（ロゴス＝愛）・双方の交流としての愛（両者の交わる霊）
る。この結果、第三のペルソナ・聖霊は、①「この世」においては子の後継者となり、②すべての受洗者の内に入ってとどまる唯一の霊（私は「この世の外」を想起させる霊だと考えているが）となる。そして、多分、②は「汝の隣人を愛せよ」という教えにその原基を与えるものだと思われる。（ところで、これも余分なことだが、あれほど他者（他の人）とのコミュニケーションにペシミスティックだった（私と他者とは渕と渕）アウグスティヌスが情熱的に三位の愛の形態を説いた――その結果、聖霊の誕生をめぐって教会の東西間分裂までをもひき起こした――のは何故だったのか。ここでも「あり得ないからこそあり得ねばならぬ」という限定存在者の渇望の深さを私などは感じてしまうのだが、どうだろうか。）

（話は少し逸脱するが、これら公会議では、ギリシャ語とラテン語を――しかも、通常の言語領域にはない神学的意味を担った両言語を――どう折り合せる

かが大きい問題になっただろうことは想像に難《かた》くない。このことを少しだけみておこう。ある書物[*8]によれば、ウーシア／エッセンティア（存在）、ウーシオース／スブシスティア（自存体）、ヒュポスタシス／スブスタンティア（実体）、ペルセポーン／ペルソナという対応は基本的には成り立っていたようだ。だが、それでも、それぞれの言葉には微妙なずれや差異があり、その対応もやがては一部ではずれはじめることは避け難いことであったと思われる。例えば、三位一体の「一ウーシア、三ヒュポスタシス」は、東方教会の伝統的な考え方では、三つのヒュポスタシス（この場合、自存体という意味方向を重視する）という概念を先行して扱い、唯一の神的本質ウーシアが三つの自存体と同一本質であると考える。一方、西方ローマ教会では、一者である最高統一の神が三ペルソナとして発展していくが、三ペルソナを最高統一の相異なる啓示形態だと考え、この包括的一者をスブスタンティアという言葉で表現し、アウグスティヌスのように「一スブスタンティア、三ペルソナ」とする。ウーシアは広い意味内容をもつ言葉でプラトンの時代には家屋敷、財産を意味していたようだが、プラトン、アリストテレスはこれを哲学用語として「存在」に割り当てた。これは哲学史に疎い私などからみれば当り前のようにも思えるのだが、実は「存在」と「現前性」とを結びつけたこの用語援用は、それ以前の「存在する」＝「おのずから生成する（フュエスタイ）」という存在了解を決定的に転換する大事件であったようだ。[*9] その後ウーシアは——詳細な経緯は割愛するが——本質や実体をも包含する内容をもつに到る。これは私が当った本ではみあたらなかったが、プラトンの立てた現前性の存在概念は、周知のように、やがて「本質存在（エッセンティア：……である）」と「現実存在（エクジステンティア：……がある）」とに分化し、形相によって決定される「本質存在」が圧倒的に優位に立つことになる。[*9] この事がウーシアの中に本質という意味が含まれてくることと関係があるのではあるまいか。いずれにしても、このようにして、ウーシア＝スブスタンティアという対応が成立すると、今度はヒュポスタシスに当るラテン語が「行方不明」になるという事態が生じてしまうことになった。そこで（？）カルケドン会議以降強引に（と私は思うのだが）ヒュポスタシスとペルソナを「公的」に同義語とみなすことによって、教会はこの窮地を凌いだようだ。ある意味では皮肉なことに、この扱いはペルソナにヒュポスタシスの豊かな意味を与えることによって、その一部を以下でみるように豊かな結実を生んだとされている。逸脱ついでに、このあとすぐにでてくるので、「フュシス（ピュシス）／ナトゥラ（自然）」についても一言しておきたい。実は、フュシスもナトゥラも元々二様の意味をもっている。一つは「自然と精袢」という対語にみられるような、存在者の特定領域を指す場合、いま一つは、すべての存在者の自らなるあり方を指す場合（この場合には普通、本性という言葉が当てられる）、の二つである。そして、やや意外なことに、用法としては後者の方が旧くかつ根源的だと現在では考えられているのである。）

キリストについてのペルソナ概念が、ひとたび確立すると、魂と体（あるいは、形相と質料）との結合体であり、「神の像」でもある「人」についても適用できないか、ということが当然に考えられてくるだろう。そして、実際、カルケドン公会議後まもなく生まれたボエティウス（四八〇—五二四）以降トマス・アクィナス（一二二五—一二七四）、ドゥンス・スコトゥス（一二七〇—一三〇八）に到る七百年を越えるペルソナ概念精密化作業は、神と人との双方を視野に収めての作業であった。まずボエティウスが、ペルソナ、ナトゥラの両概念を深く考究し、「ペルソナとは、理性的本性を有する個的実体である」という基本定義を打ちたてる。元々ボエティウスは、エウテュケースの「一格一性」論とネストリウスの「両格両性」論の両異端を論破し、カトリック本流の「一格両性」論を擁護するために仕事をはじめたと言われているが、彼のたてたこの定義は、当初の目的を越えて、その後の考究の基礎を据えたものとなる。

ところで、このボエティウスの定義は、ギリシャ語ヒュポスタシスの終局的な語義とされる「理性的本性を有する個的な自存体」[*10]と比べてみれば自明なように、カルケドン公会議でのヒュポスタシス＝ペルソナの「同義化」というか、ヒュポスタシスの豊穣な意味のペルソナへの流入がなければ、定義自体が成り立たないものであったと思われる。実際、異なる処は実体と自存体との違いしかなく、しかもこの両者は普遍性と偶有性の議論を間にはさむことにより殆ど同じものと言えるのだから。[*11]なお、その他ここでは「理性的本性を有する」とか実体や自存体に「個的」という言葉が冠されているのも気になることかもしれない。しかし、「個的」についてはトマスがアリストテレスの「実体の定義」を起点として、次のような説明を与えてくれている。[*12]即ち、実体は二様に規定され得る。一つは「事物の何であるかということ（ギリシャ語ではウーシア）」であり、それを私達は本質（エッセンティア）と呼ぶことができる。いま一つは「実体の類いにおいて自存する基体あるいは主体（subjectum vel suppositum）である」。言い直せば、一つは何であるかを規定する本質（エッセンティア）ないし本性（ナトゥラ）であり、いま一つはそれを有している担い手としての具体的な主体、そのようなものが実体とよばれる。ただし、質料と形相化において複合されている事物においては、本質は基体と全く同一であるのではなく、本質は基体の述語とはならない。[*13] このことが重要であるのは、簡単に言って、実体の二様性が神と被造物である人間とにそれぞれ相応じるとトマスが考えているからである。つまり、結論だけ書いておくと、第一の意味では実体は「単純実体（神においては本質と存在とは同じである）」としての「神」に適合し、第二の意味では「〈質料と形相との〉複合実体」としての被造物に適合する。そして、被造物は、トマスによれば、質料によって個別化されているのである。次に、「理性的本性を有する」だが、これもトマスが次のようにきちんと解釈をしてくれている[*14]――個別的・個体的なものが完全なあり方で見出されるのは「理性的な諸実体」においてであるが、何故この場合が「完全なあり方」で見出されるかと言えば、「みずからの行為に対する支配を有し、他のもののように単に働かされるだけでなく、みずからによって、働く」からである。つまり、自発性、自己活動性を有するものは「理性的本性（rationalis naturae）」を有するのであって、自発性の根源に見出されるのは理性の能力なのだから。……更に、ボエティウスの「理性的本性を有する個的実体」を「知性的本性によって自存するもの」と読み換えて、これをペルソナのあり方とするとき、それが神に適合するならば、トマスはそこに最高の「尊厳性」（ディグニタス）を見出す。こうして、ボナヴェントゥラの師アレクサンダーからペルソナに加わってきた「尊厳性」(現在でも人格という言葉にはその意味が残っている)についても出来《しゅったい》の説明がつくことになろう。いま一つ、トマスは被造物は質料によって個別化されていると考えているから、人間のペルソナなどというものはなく、人間個々のペルソナがあるだけだ、という点にも——知性的本性という定義からして、人間以下の被造物はペルソナをもたないということとともに——注意を払う必要があるかもしれない。

少し話が早口で進みすぎたと思うので、同じことを別の言い廻しでもう一度整理しておきたい。[*15] 結局、個とペルソナとはどういう関係に立つのだろうか。ペルソナは神と主(イエス・キリスト)と人間の三者の規定を通してあらわれている「概念」だが、個という「概念」は人間についてては成立するが、神や主についてては成立するかどうかは疑わしい。というよりは、むしろ神や主は基本的に「個」を超えていると考えるべきだろう。にもかかわらず、ペルソナがこの「切断」されている三者の規定の本質的な「概念」としてあらわれることはどういうことなのか。私の知る狭い範囲内では、このことに比較的明快な説明を与えているかに思えたのは坂口ふみ氏の文章[*15]だった。そこで、以下氏の要旨を少し追ってみる。まず問題の根本は、アリストテレス的ギリシャ思想では逆理であるほかはないキリスト教の考え方を、ほかならぬアリストテレスの概念用語で叙述しようとすることから生じてくる。このため、その叙述を成立させようとすれば、概念そのものの内容を変える必要に迫られる。具体的には、本来、本質とそれが載る「基体」とは一体であったはずだが、キリスト教神学に導入する場合には、本質と基体とを切り離さないと話の筋が通らなくなるのだ。この結果、本質を荷わない基体、裸の基体という「概念」がひねり出されてくる、これが雑に言ってキリスト論の一格両性のペルソナ（一格）である。つまり、ここでの基体は「裸」だから、二つの本性と結びつくことが「可能になる」というわけだ。一方、人間（広くは被造物）の場合には、ボエティウスが定義したようにペルソナ＝個的実体として、裸の基体が従来通り、一つの本性と結びつく。ただし、この場合の「個的実体」は、言葉が示すような「静的・固定的」な本性ではなく、むしろ元々の言葉「ヒュポスタシス」がもっていたような流動的・ダイナミックな「意味」を取り戻している。この限りでは、ペルソナを「個の底にみえる〈深淵〉のごときもの」という坂口氏の言い方は――深淵を基体の裸とみなすとき――当っていると私は思う。しかも、このように考えてくると、三者のペルソナは「昏さ」という点では互いに通底もしてくるようなのである。（実は、坂口氏はこのことの先に「愛」の問題をみようとするが、この点は改めて考えることとしたい。）

本当は、よく知られているように、西欧中世に限っても、そこには二つの流れがみられる。ごく粗雑な括り方をすれば、アウグスティニズムとアリストテリズム、フランチェスコ会とドミニコ会、あるいはボナヴェントゥラとトマス・アクィナスがそれぞれを代表する（とまでは言わないとしてもそれぞれに特徴的な）名前だろう。つまり、キリストの超越的神秘性と具体的現実性との二要素のうち、思考をまず前者におくか、後者におくかによって分かれてくる二つの流れ。そして、人間ペルソナの問題についても、このいずれの流れに立つかによってその内実が変ってくるはずだが、ここでは、私は、私の辿ってきた途からして、どちらかといえば後者の流れに立っているはずであり、このことは断っておく必要があるだろう。

では、結局、私はいままでのところで、何が判った、あるいは判った気になったのだろうか。一つは、プラトン／アリストテレスのところで、触れかけてやめたこと、本質存在／現実存在の発見は、「自然《ナトウラ》の中に原理を見る」という従前の視点から、「自然の外に超自然的原理を求める」という以降二千数百年を貫く視点へと転換が行なわれたことである。いま一つは、この結果、やがては「私」に繋がってくるだろう「個」が「超越者」に対面して成立し、被造物たるこの「個」にも「超越者」に通底する「ペルソナ」が見出され、この「ペルソナ」において「個」の理性的本性という本質契機と、存在契機とが統一されるとみなされることである。もっとも、このような個の実体性、ヒュポスタシスが個に与えた動的な存在源泉性という意味あいは、ウィリアム・オッカムのノミナリズムの勃興とともに失われて行き、再び「自然の単位」としての個がその前面をおおうに到るだろう。そして、それとともに、トマスの関係の議論——被造物においては「何かあるもの（対立者）への関係」が語られ、神においては「神の本質の内部における関係」が語られる——といった視点もまた顧みられなくなって行く。……

このように薄闇の中でとりとめなく過ごしていた間にも、季節は更に進み、ふと気づくと、裏山は部厚く塗り込められて、灰緑色の亀裂が徐々に拡がる区分の季節をおえ、木々ごとに様々な緑色の塊が重なり立ちあがる分別の季節へと入っていた。木々の小さい花々も気づかぬうちに姿を消し、すでに春はかなりたけていたのだ。私はあい変らず、冷えと右耳の白い渦に悩みながら、シクラメンの鉢に水を差し続けていた。夜の降誕祭の頃満開に達していたシクラメンは、年を越えてもまだ満開の状態を続けていた。茎が水分を失って鉢の八方に垂れ下がるのだが、それを除去してもまた次の花や葉がそこを埋める。だが、やがて、二重に心臓の形をした葉が厚く大きくなってくると、ようやく花の数は減りはじめ、それでも三月の中旬過ぎまで、私が退院して部屋に三度の食事を運んでもらうようになってからも、なお数本の花は残っていた。ただ、葉が部厚く大きくなるとともに、葉の数も減って行き、やがて、入り組んだ茎の根元に、醜い塊が沼のように私にもあらわになってくる。意外なことに、鉢の全シクラメンは、花も葉もただ一つのこの根塊が産み続けたものだったのだ。その根塊、それは目も耳も削がれたメドゥーサの昏い表情を私に想い出させた。それほどに髪状に密集する水茎が、絡み縺れて猛々しく私のみることを撃ったのである。だが、そのような捩れて絡む闇の下からも、苦しみながら小さい茎の芽があらわれてくる。芽は光の途を探りながら伸びて行き、やがて、重なった葉群れを抜けて、その全姿をそこにあらわす。それにしても、シクラメンの花の茎（よ）、お前は何故にいつでも俯いて立っているのか。そして、お前は俯いたまま、二、三日後には茎側が淡紫紅色の透き通るような五枚の大きい素白の羽根を背中に背負う。光や微風《かぜ》がそこを揺するが、羽根は折り畳まれたまま、すこしずれ重なって決して開くことはない。五枚の癒着した花弁の辺、お前のペルソナ、それが開くときはお前が死ぬとき。……そして、とある夕刻、翳のようにそれは開き、なお俯いているお前の全身を擦過して、匂いもなく、足元へと、墜ちて砕ける。……

ii　目路

樹が揺れる。何かみえないものが飛び立つ。

葉が震える。死せるものは、常に、その少し先を行く。

この年は、三月に入ってからも、その前に過ぎ去った日々の不順な気候を引き摺っていた。凍えるような日々が続き、山桜も慌しく咲いて慌しく散って行った。そのあと、真夏のような暑さと空梅雨が来て、突然陰湿な霧雨に変り、今日も塔の周りは、それほど濃密ではないにしても、繰り返し霧に包まれ、その間を斑らに明るみが掠めている。そのような中で、左眼の手術を受けてから後も、あい変らず私の体調は晴れ間がなかった。右耳の奥では、濡れて重い羽根を引き摺るような音がたえまなく続き、それが左耳の奥へと移ってくる、そんな気配が感じられる折々も増えていたのだ。そのような酷い日々、私は同じように寝台の上に横になり――もはや横になったまま本をなぞることもかなわなくなっていたので――ただ、薄闇をみあげながら、切れ切れの想念をあい変らず埒もなく追いつめていた。

近世に個の実体性をいま一度突き崩し、singulare から individualitas にいったんは戻すことから出発する。ウィリアム・オッカムの死とデカルトの誕生の間には約二五〇年という歳月があり、デカルトの頃には実体概念などはもうそれほど重要ではなくなっていたのではないか、と漠然と私はそう思っていた。ところが、調べてみると、[*1] デカルト自身、依然として「自分自身によって存在するもの」を「実体」と定義し、しかも「神」のほかに――「神」によるたえざる「存在」の投入を条件に――「精神」と「身体」も実体と認め、神と合わせて少くとも三つの「実体」があると考えていたようなのだ。それのみでなく、例えば、デカルトの『省察』については、長い間それが「中世スコラへのアンチテーゼとしての近代的思想」なのか、依然として「中世思想に依存したもの」なのかをめぐる解釈対立があり、「コギト・エルゴ・スム」自体もそれが論理的推論なのか、直観乃至は体験の表白なのかについて解釈対立が続いているようなのである。[*2] そして、現在のところでは、両問題ともに後者の説が有力との見方が強いように思える。では、デカルトの何が画期的だったのだろうか。結論から言えば、「〈意識〉という事態の登場ではないか」、と私は思っている。

（「意識」という言葉自体は、conscientia（ギリシャ語では syneidēsis）として古くからあったことは間違いない。conscientia は元々「〜に伴う知識」を意味していて、これには㋑「心的作用に伴う知る働き」としての「意識」と、㋺「行為に伴う善悪の意識」としての「良心」との二つの意味があったようだ。この二義を分け、「良心」から「意識」を明確に区別して「意識」を哲学の中心概念に据えたこと、これがデカルトの功績とされている。もっとも、デカルト自身は「意識」という言葉は使わず、代りに「思惟（cogito、cogitatio）」という言葉を多用する。――いずれにしても、デカルトは意識作用（cogitatio）を「意識しているわれわれにとって、われわれのうちに生じるすべて、しかしそれらの意識（conscientia）がわれわれにある限りのもの」（『哲学原理』）と定義し、私（達）は私（達）の意識作用（cogitatio）から出発する場合にのみ、真の存在に到達することができると結論づけた。[*3] ――ただし、ここで言う「真の存在」とは、超越者とか普遍ロゴスではなく、「外的」な「自然」の学知（scientia）の対象となるもののことだろうが。――また、このこととともに、デカルトの「思惟」は、「コギト・エルゴ・スム」の過程でいったん排除された想像力、感覚、欲求、意志などが、「コギトスム」の確立後は再び思惟の中に取り込まれてくる。このことも、デカルト的認識論を考えるうえでは注意を要することと思われる。というのは、この結果（だろう）、追い求めるものが、片や厳密で確実な真の学知であり、片や神の認識の片鱗への切迫であるとしても、その過程では、アウグスティヌスもデカルト的な相貌を意外にあらわすからである。[*4]）

繰り返しになるが、現在の用語でも「意識」は二通りの意味をもっている。一つは、「感覚、想起、思考などの心的作用と、それが心にひき起こす内的状態について知る働き」、いま一つは、「その心的行為を行っているのが〈私〉であるということ、つまりは、それが私の知覚行為であることを知っていること」である。（なお、私が私についてもつ意識が「自己意識」である。）ここで私が注目したいのは、これまた繰り返しになるが、この「意識」の登場によってはじめて「私」なるものが明示的に私（達）にあらわれたのではないか、ということである。勿論、それ迄も、私は行為してきたし、考えてもきた。しかし、主題化されるのは行為であり思考であって、「それをする私」であることは稀だったのではあるまいか。しかも、デカルトの場合、考える私が、すべての事柄の、考えることやそこで考えられているもろもろの「存在」根拠となる。しかし、周知のように、この見方はやがて難しい問いを私（達）にひき起こすだろう。まず、考えること、考えられることとは、どのようにして「私」に繋がっている、と考えるのか。しかも、繋がっているとしても、れる世界の一部である場合、「みる」ことはどのようにして可能になといったことどもである。デカルトは、この問にはどうも十分な答えを用意していないようにみえる。でなければ、引き続きこの問題に多くの力が取り組む必要はなかったはずだから。——最後に、デカルトの心身把握について。一見すれば、デカルトも人間ペルソナを魂と身体との複合体とする伝統的なペルソナ概念把握の延長線上にいるように思える。しかし、よくみれば、彼の場合には、複合体（compositum）としての人間把握であり、これに「思惟する自我（精神的存在はただ純粋な悟性によって自己を把握するのであって、身体的（物体的）概念に属するいわゆる属性からも自由である）[*5]」という見方が加わる。この結果、デカルトの場合、心と体とはいったん切り離され、心の働きの確立後、心と体とが——「合一」ではなくて——心に主導されて「連結」される、という感じを私はもつのだ。要は、意識である「私」が心（思惟）・身（延長）の連結を見届けているかにみえるのである。そして、これらすべての事態の基盤にあるものは、やはりアウグスティヌスの「自己より更に自己に現在的なものはありえない。（あるいは、精神は自己に現在しているからこそ、自己自身をよく知るのである）」という確信に似かよったデカルト自身の確信の存在ではなかったか、と私は感じるのだ。

デカルトの死に踵を接するように生をうけたライプニッツについては、すぐ前に扱っているので一言ですましたい。いま私（達）が考えている線に沿って言うなら、彼の仕事で注目したいのは、彼が意識概念における二つの契機を明確に区分し、デカルトが「ひきずりだした自己意識」をより「目にみえる」形にしたことであるだろう。つまり、perception と aperception との区別、もっとも、いずれもモナドに係わる記述の仕方においてだが。もっとはっきり言えば、perception（知覚、表象）を外的事柄を表象する（モナドの）内的状態とした上で、aperception（自覚、統覚）を（モナドの）内的状態についての反省的な意識として把握したこと。それによって、「世界」から生えた一つの芽（目）が、自らの出所（乃至は自分自身）をみおろしているような――いや、そうではなくて、現実／自然から生えた一つの芽（目）が、自らを含む現実／自然を「世界」として自らの元で取り集めるような、そのようなイメージを私（達）はもつことができるようになる。丁度、そのような姿で、いま私の横で花を背負い俯いたまま枯れてしまった三本のシクラメン、それはまだ生きているメドゥーサの髪の中で、いったい何をみているのか。（みていると言えば、ここでは経験論を扱うつもりはないから、デカルトの時代、彼の考え方に対抗したロックやヒュームのイギリス経験論のことを一言だけ触れておこう。彼等は、自我や外的存在等すべての実体を否定し、人間が直接知り得るのは「感覚を通して与えられる単純観念のみ」と考えた。したがって、意識は本当はかくて知り得た「観念／感覚の束」にすぎず、意識は自分の外の存在を構成することには全く関与しないと考えたのだ。）

ところで、デカルトで未解決になっていた問題、考えること、考えられること、と「考える私」との繋がりは、その後どうなったのか。それに一応の決着を与えたのは、ライプニッツ没後十年を経て誕生したカントということになっているようだ。周知のように、彼は従来の見方を整理したうえで、見方そのものを一変させる（コペルニクス的転回）のだが、この見方の転回に問題の決着も含まれているとみるわけである。カントについては、私のような者が言うことは何もないので、ここでは辞書風に書かれたものを引き写すにとどめよう。[*6] 彼（ちなみに彼はプロテスタントだった）の考えでは――

（1）悟性（切り詰められた知性）は制約されたものしか認識できない。だが、人間理性は三種類の絶対的全体（魂、世界、神）という実在性を欠いた「超越的理念」なる仮象をつくりあげてしまうし、これらは人間の実践理念（例、倫理）としては不可欠でもある。

（2）（デカルトで準備されていた）主観・客観という対概念の意味関係の転倒を実行する。即ち「認識が対象に依存するのではなく、対象が認識に依存する」。したがって、私は私の外にそれ自体で存在する「物自体」を認識することなどできない。私が認識できるのは（私がそれに関して構成する――だろう）現象（Erscheinung）だけである。

（3）意識は認識対象を構成するような能動的な機能をもつ。意識は、対象を構成するためには、感性を通して与えられたばらばらな認識の素材（感覚）を万人共通に備わる形式（時間・空間の直観形式と純粋悟性概念）に従って総合的に統一しなければならない。そのためにばらばらな感覚の間の何等かの同一性がなければならず、これを保証するのが「すべての表象は私の表象」であるという意識（超越論的意識／超越論的統覚／自己意識とよぶ）である。つまり、カントにおいては、私の意識こそが主観性と客観的世界の構成原理となる。

（4）したがって、カントの主観性は、㋑世界を越える主観性（超越論的主観性）と㋺世界の内なる主観性（経験論的主観性）とに分岐しており、世界を世界として構成する主体は㋑ということになるが、㋑・㋺の関係についてははっきりしないままであった。[*6]

（5）結局（3）の言い換えになるのかもしれないが、カントは「超越論的統覚」を次のような口ごもる言い方で述べている。（断定しきれず、要請に近い言述になっているのだ。）

「〈我思う〉ということが、私のあらゆる表象に伴いうるものでなければならない。[*7]」

では、この「対象が認識に依存する」という見方を更に徹底させるとどうなるだろうか。それを大いなる蛮勇をもって実際に行なったのが、例えば、カント没後五十年を経て生をうけたフッサールということになる。フッサールもまた「はじめに世界という客観物が存在し、人間が（……）その客観物としての世界を認識するという伝統的な考え方の順序を反転させ、はじめに〈認識する私の意識〉があり、次に〈すべてのもの〉がそれによって、〈私に対して存在する〉と考えた方がよいと考えた[*8]」のだ。だが、彼の「超越論的現象学」とよばれる考え方を要約するのは、彼自身の考え方のたえざる変遷もあって、私にとっては簡単なことではなかった。[*9]そこで、ここでは接近路を少しだけ変えて、滝浦静雄氏の巧みな説明[*10]をまたしてもそのまま引き写させて頂くことで先に進むことにする。(よけいなことだが、フッサールもまたプロテスタントだった。プロテスタントは――反論されるだろうが――神と人間との間を隔絶するものとして完全に切断するから、人間のみの世界構成へと向かいやすいのだろうか。)

(1)フッサールはデカルトの方法的懐疑にも似た手続きから考えることを開始する。即ち、私達は普遍世界の実在を信じて生きている。つまり、自然は「在るから」在るのであって、「私達がそれをあると思うから」あるのではない。しかし、フッサールによれば、そのような世界の実在を信じ込ませるのは「一般定立」によるのであり、むしろ一度は「一般定立」にストップをかけ、逆に意識の作用がそのような意味づけ、定立を行なっているかどうかを確かめてみる必要があるのではないかと考える。

(2)この場合、実在すると信じられている世界を意識の働きに引き戻して捉え直す操作を「超越論的還元」とよび、私達の研究対象になっているあらゆる領域を、そこで意味付与的に関わっているこの意識=「超越論的意識」の構成物として見届けて行こうというのが、フッサールの構想する「現象学」の理念だと言われている。

(3)ところで、この際、フッサールは私達の意識の中心に「自我」の存在を仮定し、私達が対象を感受し、それをある意味をもつものとして把握するのは、「自我」という一種の「光源」から意味付与をするような「志向作用」という「光線」が出ているからだと考える。

（4）このようにして、フッサールの考え方に従えば、対象に注意を向け、意味的に把握し、眼前に定立するような働きはすべて自我の自発的作用に属するものとみなされるようになる。例えば、私達の感性的な把握という、受動的な働きにみえるものでさえ、「〈自我〉の能動性の最低層」として、やはり、自我の自発性の一契機とみなされるに至るのである。

（5）しかしながら、そのような自我が全く純粋であり、根源的だということは、いかなる経験によっても検証され、あるいは確証されることはできない。この意味では、カントの場合と同様、それは私達のあらゆる意識体験に「伴いえなければならない」はずのもの、というにとどまる。このような考え方は、最終的には「世界が現象することとの基本様態である時間と空間」の問題にまで行きつき、そこでは「不在における現前」の能力としての想像力（私のではない想像力）を中心にして、この世界の「内」と「外」との内質を異にする「無」の発見をはじめ、種々面白い読み方もできそうなのだが、ここではそういうことがあると指摘をするにとどめる。[*11]

（横道に逸れるが、カントとフッサールを並べてみると、一番目立つのは、やはり「超越論的」という用語だろう。しかも、フッサールは、この用語をカントから引き継ぎながら、その内実を大きく自分流に変えている。その点を確かめておくと（いささか辞書風になるが）[*12]、カントの場合、「超越的」とは「経験可能な領域を超え出ている」という意味であり、「超越論的」とはこれを受けて「経験の可能性の条件にかかわる」という意味となる。例えば、「超越論的主観」は、カントの場合には、世界を越える主観（性）（世界に内在するはずの主観が内在している世界を超えて「世界」をみている）というほどの意味である。一方、フッサールの場合には、意識にとっての対象（世界内部の存在者全部）はすべて「超越的」とよばれ、存在者の実在を素朴に想定する認識態度（自然的態度／経験論的態度）ではなく、そのような態度を批判的に反省する哲学的態度が「超越論的」とよばれる。したがって、フッサールの場合の「超越論的主観」は、自然的態度に対する反省によって自覚された意識の働きや意識主観を言うこともあれば、フッサール現象学が最終的にみた「世界の姿やその働き（力）」そのものを言うこともあり、一義的な定義はでき難い。なお、カントの二種類の主観性の問題は、フッサールの場合、「超越論的」ということの定義内容によって、自然に解消しているように思われる。実際、その場合の経験論的自我と超越論的自我とを本来同じものの、見方、捉え方の差による姿とみなしても、この定義下では必ずしも矛盾しないからである。[*13]）

さて、話を本筋に戻して、いままでの準備によって浮かびあがってきた条件をも含めて、「私」が語られるためにはどのような条件が係わってくるかということを、次に列挙してみよう。[*14]（ただし、「私」への接近路としては、いままでは㋑言語系からと、㋺身体系からの二つがあると一般には考えられているが、ここでは後者だけを取りあげる。）

（1）完全に身体を捨象された純粋思惟としての主観には「私」は与えられない。そのような主観には、ただ世界の非人称的な「見え」――それは完全に世界で満たされ、世界と一体であるような「見え」――が与えられるだけであって、その見えを「〈私〉の表象」として己に帰属させるべき自己言及が不可能なのである。

（2）（別の言い方をすれば）私とは自分――例えば、自分の眼の動き――を何らかの形で振り返りつつ、それを自分のうちに位置づけるような主観、つまりは「受肉した主観」でなければならない。

（註）フッサールにとって、私（達）がそこで生きている空間は、むしろ基本的には感覚的空間と考えられている。しかも、そこにこそ「自我の所与性」の根拠があると彼は考えている。（……）したがって、触覚的身体は彼にとってはいわば主観が主観自体を振り返り、主観が現実の「私」として与えられるための根本要件であった。

（3）しかし、（1）（2）は『イデーンII』でのフッサールの考え方で、他の箇所では彼はもっとデカルト主義的な色彩が強く、例えば、（1）（2）の身体に媒体されて与えられる自我の根底に、そのような一切を可能にする「超越論的自我」、「超越論的主観性」を考えていた。

（註）メルロ＝ポンティは、後期フッサールを「選択的に」読むことから出発し、フッサールからデカルト主義的色彩を払拭し、それを「身体の哲学」として再構築しようとした、と言われる。つまり、メルロ＝ポンティは一貫して、世界に深く根を下した本当の意味での「超越論的主観性」は「受肉せる主観」でなければならないということ、換言すれば「思惟する主観（sujet pensant）は受肉せる主観（sujet carné）に基づけられねばならない」ということを主張したのである。

（4）「私というこの人間（自然的自我／経験論的自我）」は世界の一部として、

さまざまの事物と並ぶ一箇の対象であるが、「現象的還元」によって獲得された「思う私」は、むしろ「そのなかで、主観にとってさまざまな仕方で経験可能なすべてのものの存在、つまり最広義における超越（＝対象）が構成される」という意味で「超越論的意識」、「超越論的自我」とフッサールはよぶ。

（註）私（達）の日常経験の各瞬間に、超越論的自我がたえず「統覚」の役を引き受けている。

（5）ある主体が己れを自己として意識しうるためには、

㋑世界に意味付与的に関わること、と、

㋺自分を振り返り、自分の身に起こっていることを、自己という一つの中心に帰属させること、この二つができなければならない。ただし、

㋺は生得的なものではないが、自己反省（の可能性）は生得的なものと考える。

（6）人格／自我の同一性も、意識の統一作用の所産とみなされる。ただし、人格の同一性とは、もともと私（達）のうちに即自的にあるような同一性ではなく、自分の身に起こっていることをその都度意識的に捉え直し、それを引き受け直しているという意味での同一性以外ではない。

（註）「意識」の名によって「自我」を語り得るのは、まさに「人間的」主観

——個体の生命が発生してから、或る段階ではじまり、終るもの　だ問題になる限りにおいてのみ、というのがいまでは一般的な考え方のようだ。

このように、あい変らず薄暗い部屋の中で、妄想の破片や妄念の未熟な連鎖に通らぬ紐を通している間にも、枯れてしまったシクラメンの花とともに、私にまとわりついて離れない一つの想いがあった。アリバス神父を囲む聖トマスの読み会で、いつの頃よりか、いや、多分、永遠や悠久を扱うあたりから、私に付着してしまった「いま・ここ」とは何かという妄念。はじめは、「いま・ここ」の対蹠項は何かという素朴な疑問として私にあらわれたそれは、「いま－永遠」は即座に結びついたとしても、「ここ」に結びつく対蹠項は容易には決めることができなかった。「無辺」、「彼方」、「目路の果て」などという言葉はまもなく浮かんではきたのだが、「流れる時ととどまる時」というような長い思索の歴史を背後にもつ「いま－永遠」に比べれば、いずれの対も根源性を欠くように思われたのだ。いま振り返れば、このことがおそらくは迂路としてのフッサールへ、再び私を向かわせたのだろう。

解説書[*15]を開く、するとまもなく私は「身体はそこにおいて発生するキネステーゼ〈運動感覚〉を媒体にして、見るものと見えるものを〈独特な仕方〉で結合し、想像力の主体である私を、いまや身体的主体として、現象する世界の中の特定の場所に〈局在化〉させる機能を果している」、などという文章に出会うことになる。そして、その近くには、有名な「世界は身体という生地で仕立てられている」という文章もある。これは何を私に示しているのか……おそらくは、「いま・ここ」を考える場合、思考の方向は外（延長）へではなく内（凝縮）へと向けるべきだと言っているのだ。……そして、事実、私の思考を「〜からここへ」と凝縮させるとき、「〜」の部分には例えば「地平《いたるところ》」という言葉が炙り出されてくるだろう。

だが、「永遠」が、「自然的な私」が動いているこの時間ではなくて「時」に対する何かであるように、「地平《いたるところ》」もまた、「自然的な私」が立っているこの大地ではない。早い話が、地平にはそれを支える基体も限界も存在しない。しかも、フッサールが言うように、「いま」も「ここ」も、純粋な一点であることを決して意味しはしない。むしろ、事態は逆で、それらはあたかも「実体」の名残ででもあるかのように、最小限の身体幅——局在性——をもつはずだ。そうでなければ、時間に関して私（達）が事態を完了形でしか捉えられないとか、空間に関して運動感覚（キネステーゼ）が把握の中心になるとかいった記述が、どうして成立することができるだろう。ということは——と私は思うのだが、

「いま・ここ」とは、遂には「私（が在る）」ということと同じ事態を示しているのではなかろうか——と。

勿論、私の周りには「いま・ここ」は溢れてはいるだろう。だが、「私のではないいま・ここ」は絶対に私には判り尽すことができない以上、それは決して「私にとってのいま・ここ」ではない。こうして、私にとっての「私のいま・ここ」の唯一性が——それ故にまたその明証性が、証しされるのではあるまいか。

これは確かか。主よ、私はこれは確かだと思えてならないのです。私は想い返します、繰り返し、また繰り返し、あのときのことを、主が、束の間、垣間みせ給うたあの光景のことを。私は高台にある東病棟七階の南西の大ガラスに面した寝台の横に立っていました。

そして、手術後はじめて左の眼帯がはずれ、私は「みた」のです、はるか下に展開するかつての荒野を、そこを切り拓かれてつくられたモノレールや高速道路、その整然たる曲線《サイクロイド》や分岐線を、そしてその間に点在する小さい森や家並み、近くには旧いモニュメントまでもがその姿の一部をあらわしていました。手術前にみていたのと殆ど同じ光景。しかし、それは決して同じ光景ではなかったのです。そのときそこに到来していたものは、二重に同じ図柄の上に展がる怖るべき明澄さと静謐、そして底知れぬ深みの開け――それは、一瞬、「下降してくる新しいエルサレム」ででもあるかのような。主よ、そのときです。突然、私の体の底を突き抜けたところから、私の体を貫いて、私のではない一つの声が立ちあがり、私の喉を切り裂いて顕現したのは。

「主の栄光」、と。

決して私が口にすることのできなかったその言葉。いずれにしても、一瞬の出来事です。

だが、私の震撼と麻痺はしばらく続いておりました。――主よ、こうして、私は、「私」が「いま・ここ」を剝れるということがいかなる事態であるかの一端を了解することができたのです。いや、そうではなく、主よ、主はこのようにして、私の回心の輪を、また少し、だが決定的に廻し給うた。(三月八日)

しかし、もう一度考えてみよう。この前、私達がみたように、「対象が認識に依存する」という立場に立つ場合でも、最終的には私達は口ごもらざるを得なかった。つまり、私達は、「……と思われる」とか、「……が伴わなければならない」としか言うことができなかった。ということは、私あるいは私の思考が、本当は十分な根拠をもたず、十分な根拠にもなり得ない——そういうことではないのだろうか。遡れば、似たようなことは中世にもあり、そこでの普遍論争にも明確な決着がついたとは私にはとうてい思えない。それでいながら、普遍をめざす理性が、個つまりは偶有でしかない私に本性的なものとして含まれているとは、いったいどういうことなのであろうか。

このように、塔の中で衰弱していく体をかかえながら、午前と午後の二回にわたって鬱々と睡り続けていた私は、ある日、午後二時頃、おそらくは夢さえみずに睡っていたはずなのに、溢れる光の中にいる私を「みた」。そのとき、塔のあらゆる窓やすきまから光がさし込み、光はそこに堆積し、七月のその溢れる光の中で浮きあがってくる水死体のような、横たわる私を「みた」のである。何故あのとき、私の周りにあったのが、私に親しい酷い闇ではなく、私のよくは知らない光だったのだろうか。昔から多くの人達が認めているように、光は闇に似、そして闇もまた光に似ている。辺も内実もなく、どこにでもあり、どこからでも湧き出してくる。そのときには、光の中に、風のようなものまでもが激しく動きはじめるのを私は感じていた。もう出発《た》つときだ、と私は思った。そして、体をひきずるようにして、たった一人で、今年もこの森に戻ってきた。

森に着いてみると、さすがに気温は低く、朝夕は暖房が少し必要なほどだったが、ここでもはじめ二週間ほどは、珍しく晴天が続く中、咲いている草花や小川の流れをみることもなく、同じように、午前も午後も、そして夜も、ただ昏々と眠り続けた。だが、この森での眠りは、穴の底にずり落ちていくような眠りではなく、穴の底から次第に戻ってくるそのような眠りであることがやが

て判ってくる。そして、ある午前、暖炉の横のソファで激しく睡り込んでいた私が、ふと目を覚ますと、窓越しに、水滴をしたたらせたように瑞々しい葉裏の群れと、その群れのすきまからのぞく真青な翳が——しかし、青とはいったい何の輝きなのか、無、それとも無窮——私の顔一面をおおっていた。そうだ、そのとき、私ははじめて、元の体へ向かってではないにしても、どこかへ向かって回復しはじめている私をはっきりと知ったのである。

だが、それはどこへ向かっての回復なのか、さしあたっては、他者とでも言うべき何かに向かって、と私は思った。でも、他者とはいったい何なのか。おそらくは「私」という言葉ができたときに、同時にそれと相関的に「他者——私ではない者」という言葉もできたに違いない。他者といま私は書いた。しかし、これは誤っているかもしれない。というのは、「私」と言うとき、それと相関的に私にあらわれてくる「私ではないもの」は、とりあえずは私の相に応じて[*1]三つあるように思えるから。これは別のところでもう一度採りあげるつもりだが、私に似た者、世界（事実性）、そしてそれらを全部超える何か、の三つである。ちなみに、私に似た者についてはもう少しきちんと定義しておかないと、他の二つの区分が曖昧になるだろうから、ここでは言語論でよく言われる

「私」と「あなた」の「あなた」に当るものだと考えておく。つまり、私が誰かと話を交わしているとき、「私」と「あなた」という言葉はたえず交換され、それに伴って「私」と「あなた」との（話を交わすうえでの）役割も交換される。このような仕組みというか言語使用——これはかなり高度的な仕組みで、生得的なものでは必ずしもなく、実際幼児がこの言語使用を習得するには、かなりの時間と経験を要することが知られている——を前提とした「あなた」になり得るものを「私に似た者——他者」と考えることにするのである。

何故このようなことをくどくどと書いているのか、と言えば、私達はつい最近まで、「私でないもの——他者」とは何か、ということを問いつめることをしなかったから。実際、「私」とは何かが問われはじめたのも、この前みてきたように、おそらくは近代に入ってからである。では、ギリシャ以降中世を経る長い期間、私達の「知」は何に向かっていたのか。世界とそれを超える何かに集中的に向かい、私に似た他者は、私と同質的なものとみなされ、殆ど主題化されることがなかったように思える。例えば、ボエティウスのペルソナ定義、「理性的本性を有する個的実体」にしても、この定義が私にもあなたにも適合するということが重要で、普遍をめざす理性が本性であるとするなら、それ以上の異質性（個別性）を強いて議論する必要もなかったのではあるまいか。とはいえ、では「汝の隣人を愛せよ」等という聖句はどうなるのか、という問題はあるかもしれない。しかし、（これは私の個人的な考えだが）隣人ももし洗礼を受けているとすれば、彼も私と同一の聖霊を深奥部に授けられているわけだから、この意味では私達は圧倒的に同質的というほかはない。[*2]

「愛」という言葉がでたついでに、これもあとから考えていくことではあるが、前にも触れた聖アウグスティヌスについて、一言だけここで触れておきたい。私らしい「私」をはじめて考えたのはアウグスティヌスだという見方があるが、彼は「私」とは何かを問うと同時に、「私」の中を探しまわって最後にその最深部が開いていることを見出す。しかも、その開けにおいて世界を超える何か＝「絶対の他者」を垣間みるのだ。一方、彼は私と同質的な者＝「相対的な他者」については元来は把捉不能（渕と渕）と考えていたようだが、それは何故かと言えば、これまた私見の域を出ないが、相対的他者もまた汲み尽し得ないと考えたからだろう。ところが、彼は最後に神秘体験をする、しかも、その体験は母親モニカとの共同体験であった。このことは、おそらくは彼に、相対的他者の深奥部の開けは、絶対的他者に収束する方向に向かって（アド・テだ）開いている（竜）ということを了解させたのではなかろうか。こうして、彼は、ここに愛の秘義をみたと信じたのだ。）

近代に入ると、「私」というものが前面にでてくる。これは先にみた通りだが、この場合の場面転換は、「世界がある」という見方から、「私のみるのが世界である」という考え方への転換だから、「相対的他者」は、ひとまずは後退する。この場合、「絶対の他者」はどうなるかと言えば、多分、そのまま括弧に入れられる、つまり、集中する思考の対象からははずされたような状態となる。例えば、カントの場合のように、理性では到達不能の理念のごときものになるように、思考そのものを制限するのである。

ところで、これもフッサールあたりからはじまったようだが、「私」というもの、それも世界と私を成立させる（あるいは構成する）根拠に「私のみること」を置く場合、パラドキシカルにも私への他者の流入が避けられない事態が望見されてくる。このときも、「絶対の他者」は「凍結」されたままだから、ここで言う他者は「相対的他者」と、いま一つ「事実性」という他者である。最近よく耳にする、「他者は二様に——言語系と身体系との二様に語られる」

という言葉も、おそらくは、言語系——相対的他者、身体系——事実性他者という「背景」を除いては考え難いことのように思える。勿論、そうではなくて、そもそも「私」そのものがこの「世界」に、言語系として、また身体系として「二様にあらわれており」、他者の二様性はこの「反射」だという考え方はあるだろう。しかし、いずれにしても、言語系（ことば）も身体系（肉）もともに私やあなたそのものとはまた異なった領域（と構造乃至は運動）をもつと考えられる以上、それを考えるのがラチオ（理性）乃至はロゴス（言語）だとしても、[*3]領域・構造の共有部分によって「私」の大半が他者化（他者と同質になってしまう）することは避けられないのではなかろうか。（ついでにもう一つだけよけいなことを書いておけば、「絶対の他者」においては、言語系と身体系の二様性はない。何故なら、二千年を超える聖者達の体験と思索の結果、「御子たる御言《みことば》が人となった（受肉）」というテーゼができあがっているからである。）

こうして、極論すれば、「世界」にあらわれている「私」の大半は二重に「他者」だということになる。これに関して、もう少し私見を書いておけば、言語は更に「関係の言語」と「表出の言語」とにわかれ、身体もまた「関係の（としての）身体」と「表出の（としての）身体」とにわかれる。ここで、「関係の言語」とはロゴス的言語であって「相対的他者」と能動的に係わり、一方、「表出の言語」（おそらくは「存在の言語」と同義の言語）とは——少なくとも私にとっては——パッショ的言語であって三様の他者と受動的に係わる、というよりは、係わりを受けるよりほかに途がないと思われるのだ。「関係の身体」、「表出の身体」も、ありようとしては、言語のそれと類比的だとは思うのだが、言語と身体とは、概念（普遍）と個物（偶有）ほどにも異なるから、類比的と一言ですますわけにはいかないだろう。例えば、「表出の身体」とは、結局は、肉（シェール）としての自然（ナトゥラ）からの引き裂かれのことと考えられるから、ここで扱われる自然も、いわばプラトン以前に戻った「生きいきとした自然」であって、概念構造のような静態的なものではあり得ない。あるいは、それは自然の「断片」ではあっても、自然そのものの汲み尽し難さの翳が深々とおちこんでいる断片なのである。[*4] その上、表出の言語にしても表出の身体にしても、共通・統一の原理としてのロゴスと多様・分裂の様態としてのパッショとが同時的に働くから、事態は更に混迷の度合いを深めてくる。

……

（問題の性質は少し違うかもしれないが、このようなことに関連してもう一つ違った言い方の問題が私にはある。——死者は他者だろうか。一見すれば、死者は「生きて」いない以上、「生きて」いる「私」にとっては他者と言うほかはないようにも思える。しかし、「生きている」とはどういうことか、いや、そこまで言わないにしても、この死者はどの他者なのだろうか。知の立場を強くとる場合には、多分、事実性の他者だろうが、情動が濃密な場合には、私が死者を含み、逆に死者に私が含まれるということも稀ではない。とすれば、この場合には死者は水平性の他者となる。更には、後からみる教父達の考え方では、私達は一致において一性に向かうわけだから、この場合の死者は垂直性の他者の翳がかなり濃い。要は死者は様々な他者の中を移ろい行くのだ。……）

移ろい行く？　ふと気がつけば、すでに森は晩夏に入っていて、まだ昼下りなのに、朝から断続している霧雨のせいか、木々も葉裏の群れも薄暗い。微かに枝が揺れはじめる。揺れは次第に大きくなり、再び小さくなる。そして、揺れはおさまる頃、次の枝葉へと移り、さざ波のように、次から次へと伝わって行く。いまは、向こうの木立ちの奥の高い梢だけが揺れている。この間まで殆どみることのなかった小さく縮んだ黄色い葉が、木の周囲をめぐるように舞い落ちてくる。少し濡れたウッド・デッキも、いつの間にか、階段のところまで点々と黄色い落葉が散らばっている。そう言えば、昨日も一昨日も、夕方散歩に出ようとして、少し歩くと遠雷が響いていた。光がみえないのに、明るみだけが森を浮かびあがらせるという光景は、次第に終局に向かいつつある私の心を、何故かひどく沈み込ませる。

塔と森との間で（補遺）

話が少し拡がりすぎた。ここでは比較的よく調べられている領域に話をしぼり、「私」と「他者」との関係をいま少し具体的に眺めてみよう。以下では「他者」を「相対的な他者」、それも「他我（alter ego）」に限定し、「自我（ego）」としての「私」との肉体や関係構造につき、二つの文献[*1]に基いて基本的な点だけを整理したいと考える。

まず、言語系からの見方によれば、会話というものが成立するための基本条件である「私」と「あなた」との互換性が共通理解の、言い換えれば、言語というこれまた「他者」（だろう）を介して、他者が私の中に流入する契機となる。だが、前にもみたように、この会話成立は、私達にとっては生得的なものではなく、学習的経験的なものだと思われる。そして、これまた私見というほかはないが、この点に理性《ラチオ》が深く係わり、言語と思考とのある種の平行関係、相互関係が生じてくるのではないかという気がする。また、これに関して、アウグスティヌスが理性の位置に「記憶（怖るべき深渕であるだろう記憶）」を置いた意味も見逃すわけにはいかないだろう。

しかしながら、このような私と他者との互換性によって、私が他者のすべてを理解し得るか、つまり、コミュニカティオが完全にとれるか、と言えばそうでもない。原理的には、この場面で交換可能なものは一定の言語（理解）であり、理性の普遍性とよばれる部分だけだからである。では、何が相互交換から逃れるのだろうか。簡単に言えば、「痛い」ということが端的に示すように、感覚乃至は原体験[*2]とでもよぶべきもの、それを感じている私に特権的な「出来事」（の内質）がそれである。（ここで原体験というのは、「私達の感覚とその自覚的把握（＝どのような痛さか）の間のずれのごときもの[*3]」のことである。）つまり、「痛み（の内質）」は基本的には「学習」され得るものではなく、この結果（だろう）、会話における互換性が成立していても、「痛み（の内質）」そのものについては、それを感じている私と他者の間には非対称的な関係しか生じ得ないと考えられるのである。

更に興味深いことに、感覚の言語化が扱われていない（身体系と言語系が交差していない）場合にも、私と他者との間の非対称性が原理的に生じ得る場合がある。周知のように、オースティンの言語行為論によれば、私達の発言には、事実確認的（constative）なそれと、行為遂行的（performative）なそれとがあるが、このうち例えば「私は賭ける」という行為遂行的な発言において、発言者たる私には賭ける気がなく、それを聞く他者はそのことが判らない場合、この場合にも私と他者との間に非対称的な関係が生じている。[*4] この事例の重要さは、私と他者との互換性を成立させる仕組みそのものに、その互換性を無効ならしめる要素が含まれている、という点にあるだろう。

一方、会話という仕組みそのものがなくとも、一挙に私と他者（この場合には、他者を「相対的な他者」に限定するという制約は外される）とが相互流入、いや、むしろ「合一する」とみなされる場合がある。古来しばしば報告されている主との神秘的合一がそれであろうし、そこまでいかなくとも、「愛」においては自他の区分が消滅するという考えも、かなりひろく受け入れられている。

例えば、あのフッサールでさえ、愛とは「他者のうちに自らを失うこと」、「他者のうちで生きること」、要するに自己投入（Einfühlung）説を一時は唱えたようだが、結局は他我はどんな「自己投入」によっても間接的にしか与えられない――そのような他我の与えられ方を「一種の共現前化（Mit-gegen-wärtig-machen）」とよんで、自分の自我が自分にはつねに直接して現前し、提示されていることと対比する――という考え方に戻っている。[*5]

このことはまた後になっていま一度採りあげてみたいのだが、結局のところ、自他の互換性とその不完全性（非対称性の存在）が重要なのは、元に戻ることになるが、（言語系における）「私」と「あなた」との互換関係の中で、私が営々たる体験の主体であるにとどまらず、一個の「我」となる[*6]――ということだと思われる。つまり、孫引きになるが「意識の諸状態を何かに帰属（ascribe）させている人が、すでに少なくとも意識の或る状態を知る他人（＝潜在的な意味での聞き手）に帰属させるその仕方を知っているのでない限り、その諸状態を自分自身に帰属させるという考え方は無意味である」（P・F・ストローソン）、ということなのである。

私も他者も二様に語られる。しかも、私も他者と身体性を介して深く浸されている。それにもかかわらず、以上の接近は言語系、つまりは観念とか意識とかを念頭において議論が進み、例えば「情動」、もっと古くはプロティノスの「シュムパティア（共感、交感）」等は脇に置かれたままであった。これは一つには、身体系の私と他者との関係を、理性や言語で捉えるのが意外に（あるいは当然に）難しいからである。だが、幸いこの点を衝いた檜垣立哉氏の興味深い論考[*7]が手元にあるので、そのごく一部を次に紹介しておきたい。氏の論考のうち、私が特に興味をひかれたのは、本題に入る前の次の二点である。一つは、ミシェル・アンリとハイデガーによる「私」の身体論的な捉え直しへの動きであり、いま一つは、西田幾太郎とレヴィナスによる「生殖する身体」としての「私」と「他者」との原理的なありようへの思考である。

まず、アンリはデカルトのコギトを videre videor（＝It seems to me that I see……：みていることをみる）という構図のもつ二面性から捉え直そうとする。つまり、ここでは「みる」が、「みている（ⓐ）」と「みているということをみる（ⓑ）」とで二面性にあらわれているが、この場合、ⓐとⓑとでは同じ「みる」という言葉でも内質が異なる。ⓐでは思考が対象を捉える場面での「みる」だが、ⓑでは「自らあらわれる→私がそれを生きている」という場面での「みる」なのである。ところが、デカルトは「考える」ということを、「理性」の能力として設定してしまっている。したがって、デカルトはⓑの領域も一種の対象性として捉えてしまうことになる。しかし、アンリに言わせれば、考えることは情動性（effectivité）であり、「考えることの情動性は……自己自身をあるがままに自己自身において感じる、そうした自己情動として理解しなければならない」[*8]と主張する。つまり、こうした「根拠的なあらわれ」や「自己情動」こそがⓑの領域、運動の中にあるが対象化されない領域であって、それをアンリは私の純粋な「内面」として捉えていく。要するに手短に言えば、「アンリはデカルトのコギトを「みることをみる」という構図のもつ二面性からとらえなおそうとし、「私」の領域を、いわゆる心的な表象＝心像ではない情動性に求め、対象とはことなったそのあり方を、身体的な働きのなかにみいだしていく。つまり、そこ（ⓑ）にアンリは「内面」の「生」をとりだし、それを私が生きていることの「固有性」として提示する」[*9]のである。

一方、ハイデガーにとっては、私の存在とはあくまでも世界内存在（ユクスキュルの「環境世界」の考え方を参照！）でしかあり得なかった。そこで、彼は環境世界を形成する関連がほつれ、そこから無意味性が「不安」という情動においてあらわになっていく場面に、「私」の固有性をみようとする。ただし、ここで「不安」とは、特定の事象に対する情動ではなく、「世界そのもの」・その全体性に直面したときに見出される――すべてが無化されてしまうことを引き受けることによる――情動なのである。しかもハイデガーは、「不安」によって明らかにされる世界の無意味さを、巧妙にも、自己の「死」とむすびついた「先駆性」に繋げていく。例えば、「死のうちへの被投性が、現存在に、いっそう根源的にまたいっそう切実に露呈するのは、不安という情動性においてである」というように。（それにしても、と私は思ってしまうのだが、アンリにしてもハイデガーにしても、「私」の固有性を情動性にみているということは偶然ではないだろう。何故なら少し前にも考えたように、思考（対象を捉える思考）が普遍をめざすとすれば、身体性と深く係わる情動は偶有的であるはずであろうから。ということは、行為遂行的な発語の基底にも情動性が潜んでいるということにならないだろうか。あるいは、そのあたりで、言語系と身体系の接触が生じているとでも。）

先へ進もう。はじめに、西田幾太郎の「私‐他者論」だが、西田自身には「生殖する身体」という考え方は勿論自覚的にはなく、檜垣氏がその議論の方向性として、その考え方を西田に見出してくるというのが事実のようだ。まず、檜垣氏のまとめによれば、「西田の他者論では、自己を自覚するという働きそのものが、〈絶対の他者〉と関連すると同時に、他なる自己として現出する汝との相互的な関係としてとらえられている。しかも、私が汝に含まれ、汝が私に含まれるという根源的な私‐汝関係が、たんなる他者問題ではなく、まさに物質的な自然の基底にかかわるものだということを明確にするものであった」[*10]。なお、ここで「自己を自覚する（働き）」とは、（自他分化以前の）「純粋経験」が「限定されて（自己が）生じてくる」という意味であるし、他者発生の事情も全く同じである。したがって、同じ純粋経験の限定である「私」の底には「汝」があり、「汝」の底には「私」があることになる。[*11]とはいえ、この場合の「底」とはいったい何であろうか。それは檜垣氏の読みでは、「場所」であり、場所であるがゆえに、「物理的な場所性や生命の形成という、そこから何かが成立してくる物質性という含意をも」[*12]つ。しかも、その場所において、「私」と「汝」とが含みあう。――かくて、檜垣氏は西田の「底」という言葉に「子宮」（自分が生じてくる物質的なものの深渕）を重ねはじめ、こうして（勿論これだけではないが）問題を「生誕」の方向へと動かして行く。（身体性としての自他問題は実のところ、そこ（生誕）までのびていくのである。）

次にレヴィナスだが、彼についての議論は彼の著書同様更に錯雑の度合いが強まる。そこで、ここでは、議論のほんのとばロのヒントとして、二つの事柄だけを挙げるにとどめる。まず、檜垣氏はレヴィナスの二つの主著を比較しながら次のように整理する。「『全体性と無限』では「顔」の議論が中心であったように、私と他者とはまさに対面（face-à-face）するものであった。確かにそれは対等の対面といえるものではない。他者はあらわれることのない無限さ（自己に回収できない事態を）秘めているのであり、面前にあるとはいえ、この関係は水平的なものではないからだ。そこでは他者の他性の無限性、その把握しがたさそのものがひきたてられている[*13]。「だが、『存在するとは別の仕方で』では「同の中の他」という表現に典型的にみられるように、他者は私とはそもそも対面するものではない。（……）それはむしろ、私があることの核心に埋めこまれているかのように描かれる。そこでは、自己とは他者への「身代わり」であるとのべられ、「自己の傷つきやすさ」が主題化されていく。それらは自己の物質性と深くむすびついた情動性を自己のなかの他というテーマに関連させて語っているものとおもわれる。（考えてみれば、これはまさに「生殖論」そのものではないだろうか[*14]）」（傍点原文）。

いま一つは、多少重複するが、『存在するとは別の仕方で』についての比較的判り易いコメント。「ここでは「顔」の議論とは相当に異質な「主体」の成立が描かれているといえるだろう。自己は「顔」に対面することから生じるものではなく、自己に含まれ、それを切り裂く他者によってこそ生みだされるのである。いわば「汝殺すなかれ」という言葉＝命法が遠き高みからやってきて自己が自己になるのではなく、自らの内にはいりこんだ他者によってひきおこされる身体の傷としての疼きそのものが、私であることを明示するというのである[*15]」。同じことは次のように言い直されてもいる、「『全体性と無限性』では、「顔」をもつものへの断絶をそなえた生の継承が、他者問題を「達成」するのであった。だが、ここでは、ひき裂かれる身体そのものが「主体」であるとされ、「顔」ははらむ身体の側に「隔時性」としてうめこまれている[*16]」。……要は、身体性としての他者の問題は実は少なくともここまでの広がりをもったものであったのである。（なお、「顔」が判りにくければ、言語系と重ね読みすればどうだろうか。）

ひき写すことに疲れ果て、窓をあけて外をみる。再び降りだした霧のような雨。

朝から断続する細かい霧のような雨によって、この時間（午後六時頃）森はひさしぶりに水の中に沈み込んだような姿をこちらに向けている。そして、そのとき、私はみたのだ、けむっている森の遠い底を、巨大な翳の森がゆっくりと通り過ぎて行くのを。すでにして、この森では晩夏は逝き、秋がその一歩を踏みだそうとしていたのだ。

幻の塔

またしても秋だ。今年の秋のはじまりは、殊に身にしむものがある。巻雲一つない空の高さ。山々の稜線がこれほど鮮明に私にあらわれたことは、かつてなかった。長い間、蹲って薄目をあけて私を待っていた小さい車。ある晴れた日に、私はフルオープンにしてエンジンをかけてやる。すると、小さい濃緑《こみどり》の車は、真赤なシートに私を載せたまま、喜々として動きはじめ、光に充ちた山々を両側に望むひろびろとした一本道を走り抜ける。かと思うと、森の中の曲りくねった細い道の、両側からせりだしている枝葉の下を、得意げにじぐざぐに縫って行く。ちびよ、来る前、赤黒の市松模様のフット・シーツを敷いてもらったお前と、来年も私はいっしょに暮らすことができるのだろうか。ここでは秋が進むにつれて、朝夕は一段と冷え込んでくる。一日を通しての温度差は、断熱材がふんだんに使われている寒冷地仕様の室内でも、五、六度は下らない。だけれども、窓からみえる木々の形は、あきらかにそれと判る元々の枝や幹に戻ってくる。そして、朝東からあらわれてくる光は、一日をかけて西へと巡り、それにつれて木々も刻々とその形や輝きを変えて行くのだ。例えば私の十メートルほど前に立っている細い白樺の樹、その幹があれほど枝も節もなく、ただ直立しているとはいままで気づかなかった。そして、そのはるかな高みに、ごく僅かな枝葉が彼方からの微光の名残りのように燦めいていることも。想えば、今年はずいぶん森の中を歩いた。嵐の去った次の日など、どこからともなくしみだした水で小川のようになっている小径を歩いた。また、折れた小枝や木の実が一面に散らばっている小径も歩いた。次第に光が傾いて行く。私が歩くのはたいていは夕方なので、小径に沿った木々も山荘も、その日の最後の光を受けて暗く輝きながら徐々に闇へと沈んで行く——そのような霊性にも見紛うかすかなゆらめきの中を、ときとして私は辿っていたのだ。

まだ塔の中で鬱々と横たわっていたとき、私が追っていたのは確かに「私」とは何かという想念だった。だが、その想念の破片に糸を通している間に、近代と現代の間には想念の大きい屈曲があるということを、嫌でも感じないわけにはいかなかった。というよりも、そもそも「私」とは何かという想念を追うということは、その先にある屈曲、もっといえば断絶をみるために必要な作業だったとも思えるのだ。もっと直截に言うなら、現代でもなお「私」というものはあるのかと問う、と言ってみてもよいかもしれない。そして、この間、「他者」（ただし、水平性・相対性としての「私」の他者でそれはあったが）につきあれこれと考えてみたのも、多分、そのための一つの準備であったに相違ない。ところで、近・現代の間の想念の屈折（むしろ座屈と言うべきか）については、哲学ではよく知られた事実だろう。啓蒙主義以降哲学は人間中心主義の時代に移るが、すでにみたように、その方向の知は（例えば）フッサールで解体する。勿論、ハイデガーやメルロ＝ポンティは、フッサールを「選択的」に処理することにより、おおまかに言えば、その（知の）路線上での哲学の建て直しをはかったのだが、情動的というか直観的にはニーチェにより、やや精密にはM・フーコー等により「人間は消滅した」、つまり形而上学はいまや自壊したと宣言されるに到る――このことは周知の事柄だろう。そして、事実としては――奇妙に響くかもしれないが――カトリック神学でも似たようなことが発生する。多くの証言によれば、それまでの根幹の流れであった新スコラ主義（乃至はスアレス主義）が力を失い、それに代って様々な考え方が第二バチカン公会議の少し前から発生し、第二バチカン公会議を経て、一つの大きい潮流となる。ファーガス・カーのように[*1]この変化を新スコラ主義から婚姻神秘主義への転換とみる人もいるが、必ずしも定説化しているわけでもなさそうだ。むしろ、この哲学と神学との平行現象をともにラチオの行き詰り、いやむしろ知（乃至はラチオ）の閉鎖系システムの機能不全（による自壊）とみたほうが、事態はすっきりするように思える。事実、これからみていくように、形而上学を失った哲学はプラトン以前に、新スコラ主義を失った神学は教父時代に、それぞれもどって考え直すしかさしあたっては行く途がみつからない――というのがおおかたの見方ではなかろうか。しかも、知の閉鎖系システムを破って戻る先は、二つながらにある意味では、非ラチオ的なある種の開放系システムとでも言うべき事態が動いている「場」なのである。

だが、この二つの開放系システムは、勿論、似て非なるものではあるだろう。というのは、哲学の場合は、その根底（私、みる私）そのものが自壊しているのに、神学（聖学）の場合には、その根底（主と私との広義の繋がり）は激しく揺らぎこそすれ、まだ残っていると思えるからである。いずれにしても、それぞれの開放系システムとそれへの適応は、具体的にはどういうことかを、一、二の例で（ということは適応は一つではないということだが）みていくことにしたいと思う。このうち、哲学の屈曲は多くの論者によって議論されているし、むしろ、現代で哲学をするということは、この屈曲を考えることと殆ど同じことだと言っても、それほど言い過ぎではないだろうから。だから、ここでは、多くの議論の中で簡明で判り易い檜垣立哉氏の『ドゥルーズ』[*2]の読みを、要約（間違った要約になっているかもしれないが）引用させて頂くにとどめよう。なお、檜垣氏にはこの前にもお世話になっているから、という意味もある。

（以下の引用で括弧挿入部分は私の勝手な書き込みである。）

（1）「いま」という時代は、根拠、基盤、絶対的基準が殆ど欠落した時代だが、（……）ドゥルーズは、この時代における思考としての哲学の意義を（なお）信じている。（……つまり）彼はこの時代の根拠のなさを引き受けながら、何かをなしたり、なによりも生きぬいていくことがどのように可能なのかを探ろうとする。

（2）十八世紀以降、人間が哲学の問いを解くための基盤となった。（……）しかし、（この結果）「人間」は、上からすべてを統括するような装置でありながら、具体的な存在者でもあるという矛盾した二重性をかねそなえてしまう。そして、この二重性が、「人間の成立」と同時に、矛盾に行きあたり、自己崩壊の過程を必然的に辿らざるを得なくする。

（3）（ところで、他者のところでもみたように、他者あるいは「私」は言語系と身体系の二様に語られるものであったが、この言語系、身体系を情報系、生命系に拡大してみれば）情報系、生命系は二つながらに「人間」という枠組みには収まりきれない。（……）ではどうするのか。考えるべきことは、「人間」を超えたこのリアリティを「人間」の場面に（……）回帰させることなく、原理的に捉えること、（……）これが必要なのではないだろうか。

（4）ドゥルーズはこの二つの系のうち、生命系に基づいて、「解けない問いを生きようとした」哲学者だった。いま少し詳しく述べるなら――

㋑ドゥルーズはベルクソンの「生命の哲学」の系譜に立ち、彼から「認識や真理」というよりは、衝動や情動の側から世界のリアリティや成り立ちを捉えていくという発想を受け継ぎ、彼の課題「何故常に新たなものが、超越論的な領域に依存することなく、新しさそのものとして現われ得るのか」を追求しようとする。つまりは、生命と進化への関心がその仕事の中心になる。

㋺と同時に、ドゥルーズはベルクソンから「時代の科学の状況にきわめて鋭敏な感覚をもって接する」という態度をも引き継ぐ。言いかえれば、生命の諸科学、特に存在のポテンシャリティ、発生の生物学への並々ならぬ関心である。

(ハ)ところで、生命に関する知の現状は、要素還元主義でもなく、ホーリズム(有機的な全体説)にも回収されない諸理論、例えば、カオス、内部観測、複雑系、更には自己組織化論やオートポイエーシスが乱立する状況にある。

(ニ)言いかえれば、自然を捉える科学は、もはや絶対的な「真理」がどこかに――自然を分割して見出される要素に、あるいは自然が包みこまれる全体に――書き込まれているとは考えない。むしろ、その都度部分的に生まれては壊れて行き、予測不可能な動きをなし、状況に応じてローカルかつ戦略的に自己組織を遂げる生命という視角からこの世界に切り込む知のあり方を見出しつつある。

(5)要するに、ドゥルーズの姿勢を一言でいうなら、

(イ)解けない問いに直面して何ができるかを考え、

(ロ)解けないことについての実践をなし続け、そこで現れてきてしまう新しいテクノロジーを(必要に促されている場面において)積極的かつ前向きに捉えようとする、という姿勢なのである。

(しかし、以上ではあまりにも当り前すぎると考える読者――実は私もその一

人なのだが――のために、もう少し「具体的」に檜垣氏の描きだすドゥルーズの考え方をつけ加えておく。(以下で「彼」とはドゥルーズを指す。))

①世界とは一種の卵《ラン》(潜在的な多様体)である。(……)表面的には均質的にみえる卵の内部は、様々な分化に向かう力線に溢れている。だが、力線は溢れているが、(その方向は)未決定である。それは局面や環境によって様々な「揺らぎ」を含み得るから。

②このような見方をもう少し別の仕方で記述すれば、有名な「微分」ということになる。檜垣氏の冊子では触れられていないが、小泉義之氏の冊子[*3]にやや詳しく触れられているので、一言だけ書き添えておく。「顕在した分化」が一つの方程式で記述されるとすれば、「潜在的な力線」はそれにみあう微分方程式で記述されるはずである。ただし、この微分方程式は解けるとは限らない(世界は解けない問いである!)。だが、世界というか自然《ナトウラ》というかは、この解けない微分方程式を自ら近似的に解いて(実際、数学でも一定の条件を課した上で、差分方程式に置き換えて近似値を求めるのだが、それを自然が自ら行なうのである)、進んで行く。

③したがって、彼のいう「潜在的」は「可能性」のことではない。仮に「現実あるいは自然」が生成の流れであるとする。この場合、可能性とは流れとは別

の局面で決定（計画）されているものの流れへの未到来にすぎないが、潜在性は流れそのものにおける本質的な未決定な力であって、それが現実化すれば流れそのものに変容される。つまりは、新たなるものの産出をもたらす。しかも、流れとは異質のものの連続性にほかならないから、潜在性がなければ生きた流れもまた「消えてしまう」ことになる。（流れには、元々、基盤もなく根拠もないのだ。）

④では、連続する異質性＝流れをいかにして捉えるのか。ベルクソンが説いたように、流れとしての生成の場面への自己投入であるほかはない。（ちなみに、ここで言う「自己投入」とは主観の枠組みの外への自己投入であって、そこでは自己を根拠とすることは放棄されている。）ところが、彼はこの自己投入を、定点をもたないこと、「無限の速度での俯瞰」と言い直す。

⑤この意味は、現象学が現在という定点にこだわり続ける、つまり、世界と自己（意識）とが実質的に触れあう定点の回復（基盤の取り戻し）をめざしていることと対比すれば判り易い。実際、（現象学の意識の流れではなく）ベルクソンの「自然の哲学」の流れを汲む彼は、視点がなくても、流れへの内在によって「無限の俯瞰」が対応すると考えるのだ。もっと言えば、流れの中に内在しながら自己の動きを決定していくことは、無限に拡がる世界の姿を俯瞰しな

がら、一種の跳躍のような賭けをしていく、(定点消失、流れに内在＝無限の俯瞰)ということだ。

⑥こうして、彼の言う「生成のリアル」とは、新しいものがあらわれ続けることにさらされる、剝きだしの「なま」のもの、知覚不可能な「かたち」で溢れでる無限な世界のなまなましさをあらわにする(なる)という意味となる。

⑦しかし、「定点の不在」に立ち向かった哲学者はドゥルーズだけではない。デリダもまたその一人だが、この二人はその立ち向かい方が正反対と言えるほどに異なっている。簡単に言えば、デリダはフッサール現象学の内からの突破を試みる。そのために、現象学がよりどころとしていた「生ける現在」の不在をあばきたてるという「戦略」をとる。いかにして？ 「生ける現在」、現在がもつ拡がりを端的に「不在」であると断じることによって。デリダは現在の純粋性は、現在でない何か(例えば、非現前的な情報としてエクリチュールや、私の意識には不在でしかあり得ない他者)によって、あらかじめ汚染されてしか示され得ないと考える。だから、現在は根拠としては設定できないし、それに依拠した言葉はすべて「ずれて」いく。(……)したがって、解けない問いであるこの世界をめぐるデリダの態度は、一種の迷宮を、際限のない彷徨を描くということになる。そして、この場合、彷徨の指針となり得るものは、絶対

に到達不能な他者の姿とその不在の力である。要するに、デリダの場合、その考え方に深く係わるのは情報系と生命系のうち明らかに情報系である。主体という中心が解体され、どこから現われどこに到るのかも追跡できない仕方で錯綜し、見えなくなり、彼方からの（他者からの）呼びかけに（それでも）応え続けること――とでも言うか。

ところで、哲学の場合、このように知の閉鎖系システムが自壊し、それに代ってドゥルーズのようにいわば自然の開放系システムが前面にでてくるときには、「私」というものはどうなっているのだろうか。ところが、檜垣氏を少し読んでみると判るように、ドゥルーズの場合、重要なのは「私」ではなくて「個体」であり、「私」は出来事（未分化な力線）を引き受ける個体を前提にして、それが分化（かたち化・現実化）した位相にすぎないと考えられている。では、その「個体」とは何か。簡単に言えば、出来事と分化の中間において出来事を引き受け、それを現実化（分化）するもののことである。したがって、「私」に引きつけて言うならば、生成の（流れの）中に入り込み、「私」を突きくずされ、何かしら新しい未分化な動きをただ受動的に被ること、それによって引き裂かれること、更に言えば、受苦＝パッション＝情動としての生であること、

それが生成を引き受ける個体そのものに相応じている。だから、生成に深く結びつく個体は、「私」のようにあらかじめ設定された同一性（固有性）や中心性をもたない。しかも、個体はあくまでも（不分明な開放系の）システムの個体であり、その場面場面での出来事を引き受けるわけだから（この意味では、個体とは生成を担う実質そのものと言ってもよい）、この世界において唯一的・特異的なものではあるが、かけがえのなさという意味での唯一的なものではない。だから、このような「個体」に依拠する「私」にとって、他者や死あるいは共同性の意味も大きく変ってくる。実際、このような場合、そこに中心や外部をもち込むことに殆ど何の意味もないのである。（要は、ここでは「私」などという概念を考えるということは、殆ど無意味だと言うことだろう。）……

またしても窓の外をみている。葉群れの重なりがつくる緑の濃淡の点描の群れに、光の裏表を思わせる黄色の点描の塊りが混じり、風があるのかいまはさざ波のように全体が小さく波打って揺らいでいる。ここ数日の急激な落葉のせいか、木々の群れの向こうの空は、少し広く、少し蒼味が薄れたような感じがする。それをみながら、私は昨日のことを思い出すともなく思い出していた。……私が前から行きたいと思っていた森の奥の小さいレストランで、まもなく

この地を離れる私のために、姪や義姉やアンドレ神父が昼食会を開いてくれたのだ。途中の森を抜ける農道は私も何度も走ったので知っている。だが、そのレストランの標識は何度通ってもみつけることができなかった。昨日も私達の乗った姪の車は、私道のような細い分岐道に頭を突っ込んだまましばらく様子見をし（姪も何年か前に一度だけ行ったことがあると言っていた）、やがて意を決したようにその小径へと入って行く。右手には見事な杉の林があり、つき当りを左折すると、その奥にやっと看板の赤い鶏が幾つかみえ、そこが旧い洋館風のめざす場所だった。女主人が迎えに出ていて、中へ入る。昼の客は私達だけだったようで、五角形の出窓の前のメイン・テーブルに案内され、私は出窓の正面に座らせてもらった。窓越しにみえる小さい庭に、小粒の赤い花が群れをなして咲き、その上に二、三匹の小さい秋の蝶が舞っている。それをみているうちに、何故かこの間リュバクの本[*4]で読んだ教父達の「夢」のことが、体の薄闇の中に浮かんできた。エクレシア――それはイエズスが十字架の上で拡げられた両腕の間に、全地から私達を取り集めてつくられ、時とともに育っていく私達＝肢体の「一致」のことだった。この肢体は他の肢体の痛みをつねに即時に自らの痛みと感じ、エクレシアを構成する肢体であるとともに、自らの裡に全エクレシアをも含むようなそのような肢体であると夢みられた。そして、

そのエクレシアの頭《かしら》は言うまでもなくイエズスその御方であり、それ故にイエズスは、次第に嵩増して行く全肢体の受苦を受けて、世の終りまで苦しみ続け給う。そして、遂に世の終りが来て、エクレシアは充満の極みに達し、時が止まる。そして、そこでは総てが総てとなり、一者と一致（エクレシア）との区分もなくなり、ただ一つの「主の栄光」が、それだけが全天地にみちわたる。こうして、私もまた永遠にその栄光の一本の箭《や》になる。……どうしたの、と姪の視線が私にたずねた。いや、何でもない、と私は小さく頭をふった。丁度、私のすぐ横で、女主人の今日の料理《ランチ》の説明がはじまっていた。

森の幻

i　跪いて

「この世」では、私に判ることは殆どないのだ。例えば、「私」とは何でしょうかと尋ねたとき、アンドレ神父は穏やかな顔で、それは Je・Moi・Ce でしょうと応《こた》えられた。Je は垂直、Moi は水平、Ce は「与えられた」ものだ、と。そのときにはギリシャ流の部分というか要素還元主義に慣れ親しんでいた私は、Je と Moi は判ったような気がしたが、Ce がよく判らなかった。それどころか、Ce を基底（エグジステーレ）とさえ誤解して、それでもやはり割り切れない気持でいた。だが、数日後、ユダヤ的な考え方では、一つのものを三通りにみることは、三つの部分に分けて「みる」ことではなく、三つの見方でみることだということを、ふと想いだして、やっと神父様の言われたことが少し判ったような気がした。つまり、みられる姿を、仮に「相」という言葉で表すならJeは「私」の垂直性の相、Moiは「私」の水平性の相、そしてCeは「私」の事実性の相とでもよぶべきものだということが。確かにリーゼンフーバーも、オリゲネスの人間像を――逆順になるが――身体（世界内事実性、感覚の次元）、魂（自由、徳を形成する能力）、霊（内面の神へと開かれた自己）という三つの「要素」からなると書いていたし[*1]、この三者は聖書の言葉の意味の三段階（歴史的、アレゴリー的、霊的）にそれぞれ相応じているともつけ加えられていた。……

こんなことを考えながら、森へ向かう上り坂を走っていたとき、道は殆ど乾き、正面で重なっている空と雲も徐々に離れて行くような感じになっていた。ところが、森へ戻ると、とたんに上空は薄暗くなり、角を曲ると、その先の樹々の間はすでにもやっていて、枝々の先もいまにも雨が来そうに少しばかり揺れている。そうだ、私は忘れていたが、森はいつでも過剰に水分を含んでいて、森の樹々も下草も、晴れた日々でさえところどころが僅かだが濡れていたのだ。

靄は森にとっては常にそこにあるもの、だが、塔にとっては靄はたえず過ぎて行くもの。森での常在と塔での通過。だからでしょうか、主よ、私は森の中ではいつでも何か濃密な気配に包まれるような感じがするのです。濃密な気配、それはあるときにははるかな高みに達し、その極みで、どこか私の知らぬ処に向かって「私」が裂け、開かれてでも行くというように。（一方、塔の中では、私はいつでもひどく渇いています。）

だが、このように、「私」が開いたり、神父様の言い方では垂直性（それもいわば全方位への無限の垂直性）、また有名なパスカルの三つの秩序（自然の秩序、精神の秩序、愛の秩序）のうちの愛の秩序、こういった事柄は、何によって誰がそれを捉えたのだろう。情動の内奥部にある内覚とでもよぶべきもの、理性が自らの限界点に達したことを知る能力、これらがそれを不満足ながら捉える、こういった見方は勿論あるだろう。しかし、私は個人的にはいま少し違う捉え方をしたいのだ。既にみてきたように、現・近代の哲学的思考では「裂けあるいは開け」の問題は封印されてきた。というのは、そこでは、理性と感性以外のものは視野に入れないという前提が――暗黙であるかもしれないが――置かれていたようにみえるから。しかし、垂直性・水平性の問題一つを考えても、確かに水平性のラチオは（ラチオとはそれほど厚みをもたない一枚の層ではないのか！）垂直性（である霊性）とはある領域内でしか交わらないから、垂直性の意味をラチオの力で明るみに出すことはできないだろう。だが、その交叉が「私」の中で生じている以上、ラチオが霊性の存在を否定することもまたできないはずである。そして、現に、これは私だけの貧しい経験であるのかもしれないが、私の思考が、特に致命的な淵の縁《へり》や行きどまりにさしかかるたびに、私の思考、その下の情動の更に「下」、この意味では「私」の基底部とも言うべき深みに、反理性的な「動き」をしばしば感じるのだ。いや、それは反理性的な動きと言うよりは、反理性的にしか言述しえない「生」の基底部のその動き。簡単に言えば「そうではありえないからこそ、そうでなければならない（It's impossible, so it must be possible）」とでも言うべき動きが、私の「生」あるいは「存在」の基底部で、ときあって生起する、ということなのである。そして、このような反（あるいは非）理性的な動きが本当に生起するなら、哲学的・科学的な思考を別とすれば、依然として私達は、「私」の三つの相も、「私」の開きも、否定しきることができない、ということになるだろう。

では、私の開けや無限に到る垂直性があるとして、それは何故、あるいは何のために、「私」にあるのだろうか。勿論、言いふるされているように、「主」と「私」とが係わるという事態、それ以外のいかなる事態もそこでは考えることは難しいだろう。というのは、事態がそのようになっていると気がつくときには、すでに「主」と「私」とが係わってしまっている、ということでもあるだろうから。もっと言えば——私はこの言い方は好きではないが——、そのとき主と私との「愛」の交流が起こってしまっているのだ。だが、多くの人が割合い当り前のように口にするけれども、「主と私との愛の交流」とはいったい何であり、本当はいかなる事態を指す言葉なのか。水平性の他者との「愛」の場合、私が半ば以上に他者であり、しかも「愛」を考えるときには、私とその他者との内奥部を一つの（同一の）「聖霊」が占めていると信じるとすれば、かなり面倒な様相を呈するとしても、手掛り程度のものはなんとか捉えることができそうに思える。しかし、「絶対の他者」と「私」との場合には、その様相が一変する。というのは、この場合考えるべき「愛」は片側が、「総《すべ》て（つまり、「主」だ）」であり、もう片側は「殆どが無（である「私」）」だからである。あるいはこの場合には、「私」は「主」の裡にかかえられているのかもしれないが。このことから考えても、これは不均衡という事態をはるかに超絶した事態と言わねばならないだろう。「主は何故に（無に等しい）「私」を愛し給うのか」。これがこの事態の「私」に対する最大の神秘、最大の不可知性だと私は感じる。そして、現に旧約の詩篇八の作者でさえ、このことを不思議と感じているのである。だが、別の見方をすれば、真の神秘は、事態をもう一段遡ったところにあると言えるかもしれない。つまりcredo（私は主を信じる）である。実際、credoがなければ、「主が私を愛し給う」ということさえ確信する、むしろ確信しようとすることはあり得ないだろうから。では、何故、credoという事態が私に生起したのか。

これに対しては、多分、二つの接近が私（達）には可能ではないか、と私は思う。一つは「正統」神学による接近、そしていま一つは、いかに貧しくとも「私」自身の体験に基づく接近。この二つは本来一致すべきものだろうが、私の場合は率直に言うが一致しない。何故に。私はこの不一致に、いまでは私の浅慮（信の薄さ）と自己愛（傲慢）をみているが、そのことはできれば少しあとで検討するとして、まず正統神学の記述を引き写しておく。私の知る限り最も直截・簡明だと私が信じるのはラッチンガー（ベネディクト十六世）の『キリスト教入門』*2での記述で、それは次のように要約され得るものである。

（1）信仰とは「知ること・することとの関係」に属するものではなく、それとは全く別の「立つこと（stehen）・理解すること（verstehen）の関係」に属するものである。

（2）つまり、キリスト教信仰とは、自分や世界を支えている意義に一身を託し、その地盤を受け入れ、その上に「立つ」ことである。この場合、「理解」は立つことにおいて開示されるものであり、また地盤として受け入れた意義を意義として捉えるものであるから、「立つ」と「理解する」とは互いに他方なしには起こり得ない。

（3）しかも、キリスト教信仰の最深の根本特徴は、人格的性格にある。言い換えれば、「われ何かを信ず」ではなく、「われ汝を信ず」であり、もっと言えば、人間イエズスと出会い、この世界の意義であり、すべての根拠たるこの「汝」との会遇において、位格としての世界の意義を体得することである。

（4）（更に言い換えれば）人間イエズスこそは神のあかしであり、その実存において全真理の深処へと真に転回をとげたものなのであり、彼こそ永遠そのもののこの世界に現存するものにほかならない。かれの生活、人間へのかれの無条件的献身において、世界の意義はわれらに開顕され、われらに愛――これは私をも愛し、汚れに染まぬ愛の惜みなき贈与を以て人生を生きるに値するもの

とする愛　として開示される。世界意義にこの汝であり、それ自体に何らの根拠をも要せず、すべての根拠たる汝にかぎるのである。したがって、キリスト教信仰に客観的意義が存在するのみならず、この意義は私を知り愛し、（私は）それに一身を託することを養分として生きている。だから、信仰・信頼・愛は結局は一つのものなのである。

これに対して、貧しい私の体験では、私が在るということ、生きているということの核心部には「受苦（passio）」ということが含まれているという気づきから、すべてがはじまる。勿論、私（達）はその受苦を含めてたえず私（達）自身を超えていこうとする存在だと考えられるが、超えることによってその受苦（何かを致命的に受け続けること）がなくなることは決してない。もっと個人的なことを言えば、私は、私の世代は、世界も人も一夜にして全く違ったものになるという体験の中で自分自身になりはじめたのだ。その頃流行した言葉を使えば、「在るとは無益な受難だ[*3]」ということ、それがそのとき（私が私になるとき）、私の基底部に沈殿し定着してしまったのである。しかし在るということと受苦ということとは切り離せない以上、それに耐えるしかないとしても、そのこと（受苦すること）に何の意味もない（無益）ということには次第に私は耐えられなくなってくる。こういう状況は、多くの場合（私の場合も含めて）人を世界とは何か・私とは何かという問いの前に立たせるだろう。だが、主よ、私は長い夜を通して、私自身にも世界にも根拠《アルケー》と言えるような何かをみつけることはかなわなかったのです。ただ、私はあるとき、Domine fecisti nos ad te という言葉を知りました。アド・テ、汝に向けて――勿論、私のラチオや情動の多くはそれに抗いましたが、何よりも私の基底部がまず動いたのです。「主よ、憐れみ給え」と。そのときには、まだ私は主も憐れみも知りませんでした。だが、そのとき、私の意志にもかかわらず、私の手が「勝手に」紙に「主よ」と書いたのです。そのときも、いまと同様、パッションによって私は傷ついた獣のように断崖の片隅に追いつめられておりました。跳べという声なき声が私に閃き、というよりは、それが閃いたときには私はすでにその目も眩む断崖を跳んでいたのです。ラッチンガーの記述に従えば、そのとき、私は「知ること・することとの関係」から「立つこと・理解することとの関係」へと身を投じていたことになるでしょうか。ですから、主よ、私はクレドの何たるかも知らずしてクレドの中に降り立っていたのです。（確かにそのとき、私は白百合に囲まれた小聖堂の中で、「汝信じるや」と問われて「われ信ず」と応《こた》えていたのですから。）

それ故に、主よ、私のstehenは、おそらくは、意義の中心から少しずれた処に突き立っているのではありますまいか。現に、私のverstehenが進めば進むほど私はそのことを感じるのです。例えば、主の愛の問題——私は長い間、主の愛とは、私（達）のパッショに対する主のコンパッショ（共苦、憐み）だと思っていました。というよりも、主の裡（観想）ではコンパッショであるものが、主の動き（行為）では「愛」になると。だが、クレドの構造の中に、主の愛と私（達）の愛との交わりが組み込まれているとするならば、私のこの考え方は少くとも前のめりだといまではそう思っています。だが、それにしても、主よ、この交わりの中で、逆に私（達）、無にも等しい、耳も目もない蛆である私（達）が、主を愛するとはいったいどういうことなのでしょうか。申すまでもなく、何よりも主が受肉の出来事によって、主と私（達）との間の隔絶を埋め給うた——おそらくはこれなくしては、主の声もまなざしも私に届くことはなく、届いたとしても私はそのことを感じることさえできなかったに違いないのですから。ましてそれへの応答（それが応答にならない応答であるとしても）、主に向かって呻き叫ぶことなど、どうして私（達）にできたでしょうか。ですから、「受肉」がいかに決定的な出来事であったか、それは私も理解しているつもりです。だけれども、主よ、長い間、そしていまでも、率直に言って私は私の最も深い処に届く主の御声、御まなざしに、いかに応答すべきかが判らないでいるのです。例えば、あの深い森の中で語られていたように、「主がそこを占め給うために、私を無化する」、それが義しいこととは感じてはおりますが、いかにすればそれができるのかが私には判らないのです。私のできるのは、ただ言葉で「主よ、私（達）を憐み給え」と言うことだけ、しかも、ありていに言えば、その意味も判らずに、そう口にするだけです。ただ、この言葉を口にすることによって、私は私の内なるものの呻き（それは「在るとは無益な受難《パッショ》である」に繋がると思えるのですが）が、少し鎮まるのを感じるのです。

主よ、これもラッチンガーが書いていることです[*4]が、「信仰においては言葉が思想に優先する。信仰は自分で考えぬいたものではなく、自分に言われたものであり、自ら考えぬいたものでも考えぬけるものでもないものとして（そとから来て）私にぶつかり、しかも自分に責任を負わせるものなのである。信仰にとっては、この「汝信じるや／われ信ず」という二重構造、そとからの呼び込みとそれへの応えという姿こそ本質的なものなのである」という記述ほど、この場合、私を慰めるものはないのです。例えば、クレドが「汝信じるや」／

ぐ横の樹に巻きついて枯れている寄生木《やどりぎ》の枝だということに気づいた。この枯枝はあのとき顔に触れた枝ではないのか。そして、瞬時にして私は了解したのだ、あの細い枝はまもなく自分の生が尽きることを知っていたのだと、そして自分の「みたもの」を託すためにあのとき私に触れたのだと。あの滾々と溢れ滴ってやまないもの、そしてその滴りが遂に木となり草となり森となるその一端を、小枝はその生涯をかけてみ続けていたに違いない、と私は思った。私のみたものは小枝からの贈与だったのだ。私は小枝の遺骸を元の寄生木の根元の下草の中に移してやって、そこを離れた。

ii　ぬかるむ小径

予想していたように、森から戻ると、再び体調は鬱めいた闇の中に沈みはじめる。今も午前《ひるまえ》の仮眠から覚めると、外が一面に濡れている。眠っている間に小さい驟雨が通り過ぎたのだろう。だけれども、ここでは雨の輝きはなく、山峡に一、二箇所薄い靄が滞っているばかり。この間から夜眠る前に拾い読みしている本のおかげで気づいたのだが、二十世紀初頭に生じた閉鎖システムの機能不全に先立つこと三百年ほど前にすでにその前段階である一つの決定的な事態が生じている。つまり、デカルトに代表されるような、「私」の「自然」からの分離・自立の動きである。この結果、それまでは一つのコスモロジーの裡で「安らいでいた」「私」と「自然（宇宙）」との間も埋めることのできない深淵が口を開く。別の言い方をすれば、自然の（おそらくは開放系）システムからラチオの閉鎖的システムが抉り出され、その傷口は以降三百年、ますます裂開の度を深めたままラチオ・システムの機能不全に到る。一方、深手を負った開放系システムの方も、いわば寸断され、先行きもその本性からして私達は知ることができない……二、三日前も、漠然とこのようなことを考えながら、乏しい体力を少しでも維持しようと、塔のすぐそばにある細い登山道を杖をひきながら辿ってみた。同じ樹の間を縫うといっても、森とは何という相違だろうか。脆い岩肌をもつ荒涼たる斜面、野生というよりは喪の場所とでも言うべき暗い茂みを、径は細くうねりながら続いている。足元にあるのは瓦礫や砂、折れて散乱する枝や顔、いたるところが小さい土砂流で寸断され、そのためか径の右側と左側とでは、草も木も少し種類が違うような気さえする。みわたすかぎり、真直な樹は一本もなく、目につくのは一つの根塊から三、四本の太く曲りくねった幹がのび、上の方で互いに絡れているその姿。すでに枯死し、表皮が一部剝がれ、白い骨が露出したような形で、積み重なっている樹々も少なくない。そして、その周囲には、黝ずんだ枯枝や枯草の堆積が半ば崩れながら散在している。草花は？　涸れた河のほとりに小さく黄色い花をつけたものが二種類、それもごく狭い範囲に汚点のようにみえているだけ。おそろしく荒《すさ》んだ情動の世界、ラチオの層を一枚めくったところに拡がるのは、このような光景なのだろう。そしてラチオの層を突き抜け、かかる累累たる死屍や沈黙する阿鼻叫喚を更に突き抜けた先に「私」の垂直性の根も届いているに違いないもう一つの闇の淵がある。そうだ、深淵とは深さや闇だけでなく、私という蛆から滲み出し、ラチオや情動の生起とともに打ち捨てられるその残滓《アブジェクション》、汚物、がらくた、排泄物、汚辱や狂気が流れ込む場所なのである。おそらくは、詩篇一三〇「深い淵の底から」（しかし、何故これが「都上りの歌」なのだろう）の淵もこの淵であり、詩篇三八の凄まじい情景もこの淵の情景にほかあるまい。そして詩篇三八の二二行目が呻き、同じ言葉を死の直前にパスカルも呻いているように、この淵では「主よ、われを見棄て給うことなかれ」という呻きが、殷殷と響き渡っているのだ。勿論、その響きの中には私の呻きも混じっている。主よ、このような切迫と応答、私がなし得る唯一の応答の中で、私はなお、この底なき淵が、主が聖土曜日に赴き給うた処――人として死せる主が、そこに死者達と共に孤独であられた処[*1]――に開かれていることを切望してやまない者なのです。

＊

その後、秋の終り頃には、私の体調はかつてないほど悪化していた。またしても、一日の半分を寝台ですごす生活に戻り、読むことも書くことも殆どかなわなくなっていたのだ。季節もその頃は不順をきわめていて、二月のある朝、ふと目覚めてみてみると、何年ぶりのことだろうか、雪が裏山も道も隣の棟の屋根も完全に埋め尽し、これはあとで聞いたことだが、バスも通れぬ状態になっていた。そのうえ、丁度その頃は、例の「愛の交流」の問題で、私自身も、一行も書けない状態に追い込まれていたのだ。

実際、この問題は、幾月もの間連続する悪い夢のように私を苦しめ続けた。神父様と話をしても、究極的には、それは創造のときにそのような「傾き（本性？ それともハビトゥス？）」が創られているからということで、確かにアウグスティヌスのアド・テに導かれてここにまで来た私にしても、それに異議を唱えることは何もないわけだが、この場合には、逆に異議を唱えられないというそのことが、私を苦しめたのだ。また、友人の牧師様から頂いたベネディクト十六世（ラッチンガー）の初回の回勅『神は愛（DEUS CARITAS EST）』[*2]にしても、述べられていることはいかにもラッチンガーらしい犀利で情理を尽したものだったが、その表題カリタス（愛のわざ）が示すように、私が知りたいと渇望しているものとは少し方向が異なっている気持ちがした。参考までに伝統的な考え方を織り込みながら私の理解し得た回勅の要点を簡記すれば——

①私（達）被造物の愛とは、究極的には、「他者との合一」をめざすということ。

②私（達）被造物の中に創られている「愛の傾斜（それが本性にしろ、ハビ

トゥスにしろ）」とは、まずエロース（人と人との愛――性愛）であり、しかしそれは様々な浄化を経てアガペー的なものに到るということ。

③もう少し具体的に言えば「神の愛（カリタス？・）」を受けていることを知った私（達）は、――イエズスが示されたように――「神（垂直性の他者）の愛」を「隣人（水平性の他者）愛（愛のわざ？・）」へと転化し、そのことによって「唯一の共同体」に参加し、その共同体の頭《かしら》である「主」への愛を通して、アガペー的な愛の交流に到るということ。

④なお、回勅には触れられていないが、この共同体において、稀には直接「主との合一」を体験する者もいるが、それは特別な恩寵を与えられた者（神秘家、幻視者）のみだ、と私には思われた。

奇妙なことだが、こう考えてくると、愛とは、結局は、信に基づき、希《のぞ》みをもって営々と続ける生涯を通しての御許への苦難の道行きということにもなる。そして、その間、主は様々な言葉や光の滴りによって私（達）を力づけ給うのである、と。

だが、ここで注意すべきは（これも回勅には書かれていないが）、愛（多分、アガペー）は神の本性であるだろうが、カリタス（愛のわざ）はむしろ神のハビトゥスであるのではないかということである。「無からの創造」でみたように、神の本性である愛は神自身の愛、三位一体の愛であり、被造物への愛は「創造」の場合と同じく、神のハビトゥスによるのではないか。――つまり、神は自身の像として私（達）を創造し、それに愛のわざをほどこされるわけだが、よく考えてみれば、神にはそうされる本性的な必然性はないと考えるべきではないのか。しかし、と私は思うのだが、それ故にこそ、逆に、私（達）の主への渇望は必然的本性的なものとなる、と。ラッチンガーの回勅が私の渇望とはその方向を少し異にすると私が感じたのも、多分、このことと無縁ではない。思いきって言ってしまえば、ラッチンガーの愛の議論は、神の側からの視線を起点としている。だが、私が呻いているのは、不遜を覚悟で言うなら、私（達）の側からの視線の起点を求めてのことなのである。

ところが、この問題は、ある日必要があって自分が書いた「森から戻って」を読み直していたとき、突然、氷解するのを私は感じた。しかも、それから三日後、かねて発注していた本[*3]が届くと同時に、その二三頁に（私の理解では）私の考えついたことと殆ど同じことが述べられているのを私はみたのである。簡単に言えば、ことはガブリエル・マルセルによって広く知られるようになった

「存在の神秘」に係わっている。では「存在の神秘」とは何か。私の舌たらずな言葉で書くよりも、三日後にみつけた文章[*4]をここで引こう（ただし、少しだけ手を入れて）。

「マルセルによると［認識の二つの系のうち］〈問題（problème）〉とは私が自分の前に何か完結したものとして見出し、適当な手段でもって処理したり、定義できるものであるにたいして、〈神秘（mystère）〉とはむしろ私がそのなかに包み込まれるものであり、それを処理あるいは定義するための技術手段をすべて超越する。〈問題〉が誰でも外的に経験できるもの、つまり〈対象（object）〉に係わるのにたいして、〈神秘〉は私に〈現存（présence）〉し、この〈現存〉によって私は何らかの仕方で存在そのものに参与し、私の存在はそれによって新たにされ、完成される。」「私達の認識はすべて〈問題〉と〈神秘〉という二つの極を含むものであるが［……］〈神秘〉と〈不可知〉とを混同してはならない。［……というのは］〈不可知〉は〈問題〉にとっての限界線をさすものであるにたいして、〈神秘〉を認識することは私達のあらゆる意識活動のうちで最高の働きであり、他の認識はそれによってなりたっている［と考えられるからである］。測り難く汲み尽くしえない真理を〈不可知〉というのであれば、〈神秘〉は〈不可知〉であるから、それは私の存在を包み込むものである限り、私にとって最も親密に知られたものであり、しかも〈不可知〉なままにとどまるのである。[*4]」

言い換えれば、「主の愛」はかかる意味において私（達）には「神秘」なのであり、私（達）がそれに応答し得る「対象」ではなく、私達の応答も――仮にそれがなし得るとしても――その「神秘」の中に包み込まれるということのほかは何もないのだ。しかし、このことをもう少し考えてみよう。ではこのとき「存在の神秘」の中では何が生起しているのだろうか。この点については、トマスが興味深いことを言っているようなので、まずそれを聞いておこう。――「神が被造的な本性を自分自身に結びつけ、合一させることは、まさしく〈最高の仕方で自己を被造物に伝え、自らの存在を被造物と共有すること〉にほかならない[*5]」。つまり、この限りでは、「存在の神秘」の中では、主は、自らを私達に「共有」させるべく、私達に向かって自らを溢れさせ給うのである。勿論、これもまた神の側の視線を起点としている。では、この起点を私達の側に反転させるとどうなるだろうか。これは、ある意味では、私（達）は私（達）に与えられているいかなる「機能」によってそのことを「みる（／知る）」のかという問いである。少しあとでみるように、教父達は霊性の領域においてヴィジョンを駆使することによって、このことをなした。ヴィジョンで「思索した」のである。このことは、幾つかのことを私に示唆する。まず、この「霊性の領域」とは何か。それは少なくとも「この世」だけからなる領域ではないはずである。[*6] しかも主（の神秘）に深く浸された領域、といえば、誤っているかもしれないが、それは端的には「存在の神秘」の「内側」の別の表現ではないだろうか。

仮に、ここまでは容認できるとする。すると次に気になるのは、ヴィジョンで思考するとはどういうことか、ということだろう。私に係わっていると確認できそうに思える認識機能は、さしあたっては、思考（知／理性の運動）と情動（感受の情意をまきこんだ運動）の二つしかない。だが、この二つは「この世」では有効であるとしても、「この世」を半ば離れた[*6]トポスでもなお有効性は失われないのだろうか。「無からの創造」のところで、私達は創造とは「主の自己拡散（diffusivum sui）」でもあることを知った。とすれば「存在の神秘」の中を動いているものは、「私（達）」の「おし拡げられた知」、「おし拡げられた感受」だという考え方も無下に否定し去ることもできないように思えてくる。ただし「無からの創造」の場合には、主による「主の自己拡散」であるのに対し、ヴィジョンの運動の場合には、主が設えられた膨脹／変質（を受ける）という違いはあるだろう。ついでに、もう一つ記しておけば、ハイデガーが指摘しているカントの後退、理性（悟性）と感性という二つの幹がそこから生えている一つの根の深淵[*7]を前にして後退したその根、――それは構想力とか想像力と訳されていたが、その根（膨脹していく広義の想像力（Imaginatio））が理性と感性をつけたまま深淵ごと引き出されて[*8]「そこで動いている」と考えても許されるのではないかと、私はひそかに考えているのである。……ともあれ、「存在の神秘」においては、私（達）の知（理）も情意も対象把握に向かう能動的ロゴス的なものであるよりは、はるかに受動的パッショ的なものへと「おし拡げられている」ことだけは誤りがないと思われるのだ。

（しかし、ここから先へ進もうとするとき、なお私にまつわりついて離れない二つの問いがある。何度決着をつけたと思っても、繰り返し執拗に鎌首をもたげてくる双頭の問い。一つは、勿論、本当に私はあるのかという問い。例えば、私は他者とは三重に背中合わせにずれていく何かだということは本当だろうか。むしろ、三重の他者の開いている傷口の重なりのごときものが、仮に「私」とよばれているのではないのか。丁度、〈いま、ここ〉が、〈永遠・地平《いたるところ》〉の「自己拡散」の痕跡の一つであるように。――そして、そのように思うとき、愛についての問いも、ヨハネの第一の手紙（四：七〜一二）を超える答えを見出すことは、はじめから不可能だったようにも感じられてくる。主よ、私（という個）を識別されるのが、主以外の「誰」でもあり得ない以上、愛のペリコレーシス（相互内在）の悪夢[*9]から逃れる途は、ヨハネの手紙をただ愚直に受け入れるしかなかったのではありますまいか。主よ、私はとりあえずはそのことを私の「手」にしみこませて、いま少し先に進みたいと思っています。様々な花々が貧しくとも咲き乱れるこの「麗しの季節」、卯月から皐月へと移ろうこの季節[*10]の中で。されば、主よ、私の想う力を、いま少し強め給わんことを……）

＊

しかしながら、これらの大半はある意味では私の蒙昧の産物にすぎないことを、まもなく私は痛切に知ることになる。二、三日後、私は修道院の一室でアリバス神父と立ち話をしていた。トマスの『神学大全』第十一問題、第二項「一と多は対立するか」に述べられていた「一」と「有」との「転換（convertitur）」、それがどうしても私には腑におちなかったからである。「有、一、真、善、美、これらの相互転換がどうもよくのみ込めないのですが」と私は言った。すると、神父様は「これらの言葉を〈私〉にからめて考えてはいませんか」と応じられた。「蒙昧一撃」[*11]！　私はそのとき、おおげさにではなく、目が眩んで倒れそうになった。その通りだったからである。確かにトマスがこの議論をしていたときには、いま私達が馴れ親しんでいる「私」はなかったはずである。とすれば、この間から私がとらわれていた、「神の側からの視点」とか「私（達）側からの視点」ということも、全く意味をもたないことになる。[*12]勿論、私も、「私」という考えがないとき、そこに「私」をもち込んではならないということは承知しているつもりだった。にもかかわらず、結局は、それが私の思考に忍び込むことを避けることができなかったのだ。

例えば、ペルソナもそうだろう。「私」がまだ思考の対象になっていないとき、「私」に相応じるものを思考する必要が生じた場合、中世の人々はペルソナ（「理性的本性を有する個別実体」）をそれに当てたのではあるまいか。だから、ペルソナと「私」との同異を詳しく考えることは、そもそもが無理だったのである。また、「おし拡げられたロゴス」にしても、元々そのような機能を考える必要はないのだから――アリバス神父の言葉を借りるなら、私と神とは創世のときから繋がっているのだから、私の側からその繋がりを辿る場合ラチオはジグザグに進み、その屈曲のたびに概念を吐きだしながら、遂には神秘の中に突入してしまうことになる——この意味では「おし拡げられたロゴス」などという概念もいわば「強いられた」思考の産物にほかあるまい。そして何よりも愛の問題——すぐあとでみるように、多くの教父達は、私達というか世界は元々は一つ（一性！）であったものが、（原罪によって）引き裂かれていまのような状態になったと考えている。したがって、分裂した「破片」は再結合（むしろ再合一）を渇望し、不可避的に再合一へと向かっていく。この場合、合一がその原理として浮かびあがらせるものこそが「愛」であり、それ故に、神は何より愛なのである、と。……要するに、ヨハネの第一の手紙を愚直に受容すればそれで足りるのだ、と。……「私が在る」ことの意味を求める私の激しい渇きも、思えばこの分裂‐再合一への激しい渇きにほかならない。

私は茫然として出窓の外をみつめる。昨夜からの細《こまか》い雨によって、塔は全体がそよとも動かぬ濃霧の中に深く沈んでいる。そして、私はその霧の中に、何故かそこだけが厚みの薄くなった処を見続けている。厚みの薄くなった処、そこは闇の中に開いてくる夢の部分のように、いましも裏山の山藤の花群れを、いや、そこにはないはずの山藤が夢みる巨大な山藤の花群れを、徐々に私の方へと浮かびあがらせようとしはじめている。……実を言えば、この「夢」によって、このあと私は再び半月ほど体調を崩すことになる。一日のうち、夜、午前、午後とほぼ十二時間を眠り続け、またしても、読むことも書くこともかなわなくなったのである。だが、今度は、そのような薄闇の中で、私は二十世紀前半に生じたラチオの機能不全の原因には、膨脹しきった「私」の「縮減」という現象が絡んでいるのではないか、と性懲りもなく考えはじめていた。……

iii 小径の先

「私の縮減」? だがその前に、話は少し変るが、哲学における形而上学の自壊現象と平行して、第二バチカン公会議前後で意味を失ったとされる「神学の基礎にあった」知の閉鎖系システムとは何だったのかということを考えてみたい。

――まず、

ⓐ神学においては、信が知に先行し、

ⓑ哲学（形而上学）においては、知が信に先行する、

と考えることができると措定する。この場合、ⓑにおいては、知が根拠を失えば（知の運動によって得られた）信は全壊するほかはないだろう。一方、ⓐにおいては、知が根拠を失っても直ちに信が無意味になるわけではない。というのは、ⓐでは知は直立《ステーエン》している信を「知解する」という位置関係に立つわけだから。つまり、ⓐの場合、極端な言い方をすれば、知が無効になったとしても、信がこの知の閉鎖系システムの起動によっては解けないということにすぎないからである。しかも、ⓐの場合、信という「拡がりの基盤」は元々が開放系システム、それも自然（natura）よりも更に超越的な無底なシステム系だから、

本来閉鎖系システムでに捉えられるはずのない系《もの》（それ故にこそ、「存在の神秘」の内で生起しているものも「神の溢れ」でなければならなかった）であったのである。では、トマスの知のシステムはどうなるのか、ということになるかもしれないが、トマスの存在の形而上学は静態的な不変の「システム」ではなく、たえず内奥へ内奥へと動いていく動態的かつ飛躍を繰り返す「知恵（Sapientia）」だから[*1]、本来システムという名にはそぐわないものであったようにも思えるのだ。

ここでトマスをもちだしたのは必ずしも偶然ではない。第二バチカン公会議をはさんで争われた問題には、当時バチカンを底流として支配していたと言われる新スコラ主義の是非の問題も含まれていたからである。ちなみにここで言う新スコラ主義とは、七年間あるいは九年間？に及ぶ当時の大学や神学院の博士課程の全学生に受入れが課されていた「二四のトマス的命題」に含まれるような考え方を言うようだ[*2]。そして、この「トマス的命題」というのは、トマスの著作から「歴史的文脈や神学的文脈までをも抜き去ったものから、形而上学的な一般原理を抽出し」、主知主義的に再構成したものの主要部分だったようである。このあたりの論争の様子は、主知主義的な総合神学の立場をとるカリグー・ラグランジュと、その直弟子でありながら歴史的伝統的な視点を重視するマリー・ドミニク・シェニュとの対立を扱ったファーガス・カーの記述に判り易く描かれている。[*3] 要は、繰り返しになるが、ラチオ（知）の閉鎖系システムは、哲学の場合にはそのシステムの根拠が無効になったために機能不全に陥るのだが、神学の場合には、それが適応される「神秘」に比べて知のシステムの有効範囲があまりにも狭矮浅薄であることが明らかになったために、知解の意味が薄れた、のだと思われる。実際、自然の闇も、自然をはるかに超える「闇」も、それほどに深く、見通しがたたず、それでいて圧倒的に「私」の「外」にも「内」にも切迫し来たる何か、なのであろうから。

ところで、哲学の場合には、「幻の塔」でみたように、知の閉鎖系システムの根拠である「私」が崩壊（消滅というよりは縮滅）したために機能不全に陥り、それが形而上学の崩壊に繋がったのだが、神学の場合には、「私」が縮減し、それに伴い知（解）の閉鎖系システムが機能不全に陥ったとしても、神学そのものはいわば「座屈」するにとどまっている。それは何故か。さきほども触れたように、それによって崩れるのは「知解」であって、信、つまり神と人との基本的な構造はそれによって形態を変えるとしても崩れ去るわけではないからである。現に、ペルソナは基本的にはペルソナのままである。だが、ペルソナは元々は「私」に相応じるものではなかったのか。だが、ペルソナが成立したのは、いま私達が馴れ親しんでいるこの「私」の成立から三百年も以前のことである。しかも、「私」が前にもみたようにその出自をデカルト以降の近代哲学にもつのに反して、ペルソナの出自は中世カトリック神学の中にある。とはいえ、「私」という概念ができて以降、ペルソナは超越概念に（カント風に言うなら、真・善・美と同様、「理念」に）嵩上げされて――時間と永遠とが背中合せであるように――「私」と背中合せになる、そういう気が私にはするのだがどうだろうか。ところで、現代に入ると先にも触れたように、「個」は残り、別の役割を果すが、「私」は縮減する。この現象は神学でも共通しており、縮減した「私」は背中合せのペルソナから再び落葉のように剝がれ、そのため、神学形態から「形而上学的」な構造が「おしだされ」、神学形態そのものが「座屈」する。つまりは、神学はおしだされた残骸をかかえたまま、教父時代へといま一度戻ることをよぎなくされる、と私には思える。（もっとも、ペルソナと「私」との対応といい、この座屈の問題といい、おそらくは殆どの神学者の意には沿わないだろうと私は考えているが。）

（ついでながら、ここで一言「システム」という言葉について補足しておきたい。知の閉鎖系システムという場合には、そこで働くものが主として推論のラチオだから、システムという言葉は比較的よくあてはまるだろう。しかし、自然（ナトゥラ）の開放系システムという場合は、開放系という言葉を加えてもそれがシステムと言えるかはかなり疑わしい。むしろ、いまの言葉ではネットワーク、それもいたるところが切れたり癒着しているネットワークという言葉が近いだろう。そして、もし、自然が静態的ではなく動態的だと考えるなら、このネットワークにもまたある種「生きている」という性格を与える必要がある。更に、この言葉で主という「輝く闇」を捉えようとする場合は、主の（私達への）超越と内在一つをとってみても、いかにそれが私達にとって絶望的な試みかは明らかだろう。だからこそ、私達はいまだに否定神学から離れることができないのだから。とはいえ、私達はそれが不可視であり不可知であり、それにみあう言葉をもたないにしても、昏さを基底とする「輝く闇」にも何等かの符牒をつけなければ私達はそれを考えることさえできないのだ。だから、例えば私達はこれに神秘的な開放系システムというレッテルを貼るけれども、これは符牒であって言葉ではない——つまり、その意味は捉えられない——このことはきちんと確認しておく必要があるだろう。）

では、この結果、二十世紀前半のカトリック神学の流れは、具体的にはどのようなものとなったのだろうか。先に引いたファーガス・カーは、その著の副題「新スコラ主義から婚姻神秘主義へ」からも判るように、「婚姻神秘主義」への流れを強調したいようにみえるが、アンドレ神父もアリバス神父も、それは流れの一つにすぎないとの立場だ。アンドレ神父はパウロ神学とヨハネ神学の区分[*4]さえ認めないという考え方だから当然の帰結と言うほかはないが、私達の目が教父時代に戻るとき、そこにカーがド・リュバクに関して述べているように[*5]、「我々の概念の助けなしに我々の概念把握を超えていながら、我々の概念に先行して、その始原から我々の内に神秘的に」も触れている（本文は「現存している」）何かが「ある」と想定せざるを得ないだろう。そして、そこからあらわれてくる典型的なヴィジョンが「神秘的婚姻」、花婿たる主に装われ迎えられるものを待ち望む花嫁である「教会（エクレシア）」というヴィジョンなのである。だから、往時は「雅歌注釈」ということは大いなる意味をもっていた、と思われる（ただし、トマスやエックハルトのように「雅歌注釈」を残していない大神学者も盛期中世には現存するが）。だが、いまからみていくように、二十世紀カトリック神学の特徴がその一点に収束して行くか、と言えば、私はそれほど単純ではあるまいと考える。おそらくは、教父のヴィジョンを見直したとき、みえなくなっていた雅歌のヴィジョンが次第に大きくなってきた、ということではあるまいか。……

だが、今日のように珍しく体調のよいときに、カーテンを全部あけ、出窓もあけて、溢れる光の中で、五月の微風をうけながら夢もみずただ午睡するこの安らぎは、主の御元の「前味」とさえ思われる。にもかかわらず、ここでも私はまたしても同じことを繰り返しはじめてしまうのだ。例えば——知のない被造物にも苦しみはあるだろうが、そこには罪の意識はないだろう。とすれば、罪とは知が苦しみの先に見出すもの、[*6] そして愛とは知がその罪の更に彼方に見出すものだ、と。しかし、知は何故光に向かうのか。それは、主が、主を感じる（パッショする）ように、私を開いて創られたからにほかあるまい。……勿論、草も、木も、微風《そよ》も、更には海を漂う難破した船板でさえ、開かれ、光に向かうように創られてある。だが、彼等は知らない、感じていても知らないのだ、何故にそうであるか、を。勿論、私達とて同じこと、何故に私達は知るように創られたか、を。それ故にこそ、五月の溢れる光と風の中で、私はひとときの塔での安らぎと希みとが、私にも許されてあるように感じるのだ。……

（とにいえ、このことと引き換えに、深夜、きまった時刻に私に臨むあれは何なのか。いまはすでに七月、窓の外は強烈な光と気温の縞、隣の棟の壁面もその縞によって縦方向に真二つに裂けている。「われに触れるな」（ヨハネ：二〇・一一〜一七）、あのイエズスの空洞の墓の場面が、何故か昨夜私に臨んだ。人として愚かな使徒達がそこを去り、マグダラのマリア独りが墓穴をのぞき込んで泣いている。そこには二つの輝く影が座っていて、「あの方はもうここには居られない」とマリアに告げた。そのとき、「誰か」がマリアの後の薄闇に立つ。マリアの問いかけに、その「影」は「マリア」と応じ給う、おそらくは身にしみいる声で、マリアが生涯片時も忘れることができなかっただろうその声で。「エボニ」、ふりむいてマリアは叫び、その「影」にすがりつこうとする。そのときだ、「われに触れるな《ノリ・メ・タンゲレ》」、優しいけれど厳しい声がマリアの双つの耳を打つ。――これは何を告げる話だろう。「復活し給いしイエズスがナザレに向かう。行って使徒達にそう伝えよ」、このことのために長老ヨハネがこの場面を記述したとは、到底私には信じられない。ここには恐るべき深みを凝縮したような何かがある。後でもう一度「みる」けれども、例えば「執心の確かさ」とでもいうようような。[*7] こうして、私自身、夜毎に次第に心身ともに衰弱して行くのだろう。）

森が動くとき

i　森の疑い

おお　マクベス、森が動くときには　必ずや　その前兆が立ちあらわれるのではあるまいか。丁度　いま、私がみている山と山との間の凶々しい雲、その下側から業火の名残りのように　そこに映《は》えている赤黝い不吉な影、またしてもいま一つの夜が私へと迫りつつあるのか、歳老いた鯨のように　巨大な腹部を闇の中で捩り　回転させながら。全身から流れ落ちる脂じみた暗い水。その飛沫は闇の裳裾を動かす。裳裾の動きは波頭のようにうねり次々に伝播し　はるかな距離を越えて　遂に森の闇へと届きはじめる……

もっとも、私はそれをみていたわけではない。私ができたのは、ただその跡を辿ることだけ。何が起きたのか、何が崩れ、何が再びそこに現前したのか。おおよそこのことはすでに触れた。ここでは、その出来事をいま少ししぼり、いま少し立ち入ってみておきたいということだけ。だが、そのためには、「私の縮滅」について、二・三の補足をしておくことが、何よりも必要かと思われる。

（1）哲学にせよ、神学にせよ、「縮滅した私」はいま何をしているのか。あるいは、それは何のためにまだここに残存しているのか。すでにみたように、それはもはや「意味」を担うものではない。にもかかわらず、何かを「了解し」、何かの「了解を分ちあう」とき、それは必ずそこに居合わせる。勿論、誰かのように、例えば私達（の存在）は「関係」にほかならないから、と言ってみてもよいだろう。だが、もう少し具体的に、私（達）とは、どうしようもなくばらばらな諸断片、諸刹那に「自己同一性」を与えるために消費されるもの、と言ってみる方がいまの私（達）の実感に近いような感じもする。つまり「縮滅した私」は、なおそれを費消し、そのことによって、一瞬、局所世界とでも言うべき何かをそこに浮かびあがらせるために（理屈には合わないが、その費消は私の「内」で生じ、「費消される私」の「内」がそれを確認するかのように）そこにある、と。別の言い方をすれば、私が「縮減する」とき、「私」である「いま・ここ」も当然に激しく揺らぎ、おそろしく曖昧にぼやけてくるだろう。だが、そのような「いま・ここ」の「内」でも、その前後の「いま」は辛うじてそこで接続しているかにみえ、その狭い周辺での「ここ」も辛うじてそこで接合しているかにみえる。しかし、ドゥルーズがみていたのは、この接合は「個」において行われ、「私」は個へと「流入」する潜在する力線にすぎなかった。だから、おそらくは、ここでも事情は同じでなくてはならないだろう。例えば、「〈縮減する私〉が、このとき、受動的に〈脈絡めいたもの〉の翳として、そこ（「いま・ここ」）に一瞬浮かびあがっては消えて行く」とでも言うように。

（2）ところで、このように私が縮減するとき、カトリック神学で言うペルソナ（「私」にみあう「ペルソナ」）はどうなっているのだろうか。西欧中世であれば、多分、「私の縮減」なるものは認められなかったはずである。第一、その時代にはまだ近・現代のような「私」（という概念（？））はなく、私にみあうものは、「主のペルソナ」とある意味「地続き」の「（私の）ペルソナ」として一挙に拡大強化され、神学の全体系の一部としてそこに組み込まれていたのだからっしかし、形而上学的に私が縮減してしまった現在では、それはどうなるのか。信をもつ以上は、私と私のペルソナとが、いまと永遠同様、それらが背中合せに合体しているという事態そのものは変るまい。では、そのことによって「ペルソナ」概念——いや、「ペルソナ」は概念ではなく、むしろ、理念乃至は超越概念に近いだろうが——は変質したのか。ところが、私にはそれがよく「みえ」ないのだ。例えば、ペルソナが成立したとき、そこから何かが洩れ——これは一例だが、イエズスにとってはあれほど大切だった「地の民（マム・ハ・アレッ）」がどの部分に入っているのかとか、キリスト教の原点である「偶有的な個」の主位という逆理（「本質必然的な普遍」を主位とするギリシャ哲学からみれば、これは明らかに逆理だろう）の定立がどのような影響をそこに残しているのかというような——、その洩れが特に「私の縮減」というような事態では体系の欠陥としてあぶりだされそうに思えるのに、それがよくは「みえ」ないのである。

（3）では、何故それが「みえ」ないのか。おそらくそこで生じているのが——「ペルソナ」の変質というような——事態をはるかに越えた更に全面的な事態の発生だからではあるまいか。実はこのことを考えながら、ラッチンガーの『キリスト教入門』と並行して私が読んでいた本に、前にも触れた坂口ふみ『信の構造』[*1]があった。これはいかにも坂口氏らしい見事な論で、読者の興味をひき起こしながら進んで行き、最後の「むすび」で瞠目すべき「事実」を炸裂させてみせるというものであった。そして、ここで炸裂しているのが「存在の切断」[*2]、「つまり、本質・実体・カテゴリー的な規定を具えたものと、エッセ・ペルソナ・愛などと呼ばれたものとの間の鋭利な区分が(……)キリスト教思想の基盤の確立の内で達成され、意識化され、この上もなく重要なものとして闡明されているということ」[*2]であった。この区分の前者は、言うまでもなく、ギリシャ的な知の結晶であり、いわば世界の概念群と概念構造体を代表する。一方、後者はもはや概念には充分収まりきらない闇の手触り、むしろ闇の「実在」のごとき何かに属している。そして、確かに坂口氏の指摘の通り、この切断からは「明視の確かさ(certitudo visionis)」に対する「執心の確かさ(certitudo adhaesionis)」という図式が説得力をもって私達にせまってくる。[*3]そして、両者のうち、殊に前者にひきつけて考える場合に生じる「神への遠さ」、「愛の至難」(マタイ一九:二二をみよ)という難問を乗り越えるためには、おそらくは後者の途しかないだろうことにも思い到る。要は、私流に言い直すとすれば、「存在の切断」の後者から顕れてくるものは、闇、いやむしろ、無底の闇の開放系システムに相応じる何かなのではなかろうか。闇の開放系システムは通常は知の閉鎖系システムの裏側あるいは内に紛れ、「閉じ込められて」表には顔をださない。しかしながら、「私の縮減」が発生するような異常事態では、知の閉鎖系システムという「仮面」がずり落ち、その後背部から見知らぬ闇、闇の開放系システムが、暗澹たるその姿をみせはじめる。そして、これに必死で対応しようとしたものこそが、二十世紀前半のキリスト教神学の新しい潮流であったのではないだろうか。何故なら、「存在の切断」の前者に囚われている限り、私達は「つねに愛に欠ける者としての意識を抱き続けながら」[*4]手のつけられない開放系システムの暗々たる闇の前に、茫然とただ立ちすくむ縮減された私達そのものであり続けるほか途はないだろうと思うからである。問題はもはや単にペルソナの問題だけにはとどまらないのだ。

（補註）混乱を避けるためにいままで触れるのをひかえていたのだが、私の理解し得た限りでは、実は、アリバス神父は次のような「ペルソナ観」をおもちのようなのである。――ペルソナ（人格）の中核部分にあるのは「自己所有」であり、このことによって（人格ペルソナは）すべてに無限に開かれたものであり続ける、と。ここで、「自己所有」というのは、雑に言えば、「考えること」、「行動すること」をする自己を所有するということで、自己を所有する何、かは考えたり行動したりすることを他に依存することなく、自分自身で自由に（本性的にだろうか）裁量することができる、と考えるわけである。しかも、この「自己所有」する何かは、主から「あなた」と呼びかけられる「者（多分、個的自存体）」であって、それが「誰」だかは私達には「判らない」と神父様は考えておられる。したがって、「自己所有」と「個的自存体」との関係もみかけよりははるかに複雑微妙な関係（本当に関係だろうか）にあるようなにおいがする。これは一つの譬えにすぎないが、「開かれた個」という言い方は、丁度「普遍的な個（個は偶有だろう）」という言い方同様、ある種の語義矛盾を含む言い方と言えなくもなさそうだが、現代物理学でも、湾曲する時空と重力とを同一視するような「限界線上の——イマジナティオ的な」思考もあり、語義矛盾と言い切ることも難しい。まして、湾曲する時空と重力の関係を、集積するエンス（これが世界だろう）とエッセとの関係に二重写しに落してみるならば、それが、裏返ってはいるものの、「個（の核心部）を残しながら、開いている」状態の記述というようにも「読め」、それだけ問題そのものの定立もし難くなる。そして、言うまでもなく、この微妙さは、「ペルソナ」ということの深さと深い係わりをもつはずで、同じ「ペルソナ」という用語が、人に

「われ信ず」ということの後半部であるとすれば、すべては問いに含まれており、クレドはその判らないすべてを（そのときには）判らないまま「信じます」とわが身に背負うことにより、わが身を開きわが身を主に託すということになるでしょうから。とはいえ、主よ、「主を知ることと、主を愛することのなんたる距離！」というパスカルの喘ぎ[*5]は、依然として私（達）の喘ぎでもあるのです。stehen、主の意義の上に垂直を立てることによって、私の受苦《パッショ》の無益さ、無意味さはひとまずは拭われます。だが、その、stehen のずれによって（と私は思うのですが）、私はなお、「愛の交流」の薄闇の部分に佇むことをよぎなくされているのです。かくてこそ言え、いま一度、「主よ《ドミネ》、私（達）を憐《ミゼレーレ》・み給え《ノビス》」と、無が無より、少しだけ離れるそのためにも。

そのようにして過ごしていたある日、九月も半ばを過ぎようとし、森では朝夕暖房をたくような季節になっていたが、私はあい変らず午後遅くに森の中の細い道をさまよっていた。そして、そのとき、ふと傍らにいままで入ったことのない脇道が目についた。何気なくそこへ足を踏み入れる。すると脇道は十歩ほどで尽き、その先に小さい広場のような空間が広がっていた。おそらくはかなり大きい建物をたてようとしてそのまま放置されたような場所、それにしてはそこが元々芝地であるようにみえるのが私には不思議に思われた。その時刻、その空地の上空は透き通るような蒼穹がなおも輝き、空地を囲む周囲の森の樹々も何故か列柱のようにそこに並んでいた。輝きの白さと静寂、そして「この世」ではあり得ないような何か繊細な感じがあたり一面を支配していた。そして、いま想い返せば、私はそのとき、円形の空地のはるかな高みに、溢れてやまないものが滾々と溢れ滴るその淡い翳のようなものをさえ体の奥で感じていたのだ。私は扼れたような妙な気分でそこを離れ、元の道へ出ようとした瞬《と》間《き》、俯いていた私の顔に何かが軽く当った。驚いて顔をあげる、するとそこで小さく揺れていたのは、その奥の樹から小粒な葉をところどころに残したまま垂れ下っていた一本の細い枝だった。――おそらくは、それからだ、あい変らず続けていた散歩の途中で、ときどき、光を含む小粒の葉を森の奥にみるようになったのは。そして、明後日には森を去るという夕刻、私はいま一度あの空地がみたくなって、少し暗くなりかけていたが、そこを訪れてみた。だが、私がそこでみたものは、放置された芝生が斑らに散在している空地と周囲の黝ずんだ森、そしてすでに薄暗い円形のやや荒れた空だけだった。肩を落してそこを後にしようとしたとき、私は今度は爪先が何かを踏むのを感じた。黝ずんだ二、三本の小さい枯枝状のもの、思わず跪いてそれを手にした私は、それがすも主にも神にも使われるということには、それなりの教父達の深い洞察があるのだ、ということにも改めて納得させられるのである。

ii　揺れ動く森（上）

またしても眠っていた。森へ来れば、いつでもはじめはひたすら眠っているのだが、今年は何かが少し違う。この異和の感じは出発《た》つ前から続いていて、おそらくは主治医が心臓のために、二箇月で二キロも減量を強いたのがその原因ではないかと私は思っている。そのためか、くたびれはてて辿り着いたこの森でも、眠りはいつもより浅く、光に白い辺があるように（勿論、光の辺は光ではないだろうが）、甦ってくる酷い夢によって眠りは幾度となく中断する。昼間歩こうとすれば、足元もおぼつかず、高原にいるのにいつものように血圧も上がってこない。そして、何箇月ぶりだろう、あの「ダビデの星」が、深夜私の眼の中にあらわれてきた。ダビデの星、私が心身ともに消耗し尽したとき、きまってあらわれるぎざぎざした暗緑閃光。それはその日カール・ラーナーを読んでいたとき、私が受けた衝撃の深さにみあっていた。これは正確な言い方ではないが、「私（達）が超越論的志向性をもつ根拠は、私（達）の内奥部への神の自己譲与による」――すでに私の理解は、この文章の前半部と後半部には届いていた。しかし、何故か――いまとなっては不思議なのだが――この前半部と後半部の二つの文章が、同一の事態の二つの表現だということには私の思いは届いていていなかったのだ。

その後幾日もせぬうちに、夏の終りの風嵐が来て、はるか遠くのこの森を巻き込んで去っていった。私は窓からみていたのだが、予想に反して、木々は一方向に靡くのではなく、梢の高みで激しく交差を繰り返し、あたかもそこが複雑に渦巻いているような動きを示していた。そして、翌朝外へ出てみると、白樺が二本、途中からへし折られて、そのうち一本は梢を小川の中に突っ込んで倒れていた。このようにして、今年の私の晩夏は、強風にはじまり、ダビデの星の次には、二年ぶりに眩暈が夢のように私に浮かびあがり、やがてそれは聴力の低下へと繋がっていった。昨日も深夜、眩暈に耐えながら、この五年間私が考え続けてきたことが、ことごとく誤っていたのではないかという思いに苛まれていた。二十世紀前半に生じたこと、哲学にしろ神学にしろ、こみいった紐をほどけば、問題の根は結局は限度を越えてしまった知性（理性）主義の否定という簡単な出来事に帰するのではないか、と思い到ったからである。

哲学の場合は、理性（知性）そのものを根拠とし、理性によって展開するから、限度を越えた知性主義の否定は、啓蒙主義（そこで「私」が成立する）以降綿々と続いてきたその「発展」の自己否定たらざるを得ないだろう。一方、神学の場合にそれにみあうものは、神の恩恵と人間の自然本性（理性はその最たるものであるだろう）との分裂ということではないか、[*1]と私は思う。普通、この分裂は、カトリック教会の――神学的な――プロテスタント対策の「行き過ぎ」に起因するとされ、この分裂から「自然科学」も誕生したとさえ考えられているのだが、私はもう少し根深い事柄だと考えてみたいのである。そして、この問題には様々な他の問題も付随してくる。例えば、その最たるものは、信仰とは個人的（私秘的）なものか社会的（というか共同体的）なものかとか、精神（超自然）と物質（自然）との関係をどう考えるべきか、更に似たようなことかもしれないが、超自然的感受と自然理性による（概念）把握との先後・優劣等という問題にも繋がってくる。オリゲネスをはじめとする諸教父達の再評価も当然これらのことに絡んで、あるいはこれらのことを考えることによって浮上してきたと言うこともできそうである。

私はここでは、二十世紀前半のカトリックの神学刷新に大きく寄与し、第二バチカン公会議を裏から支えたといわれるイエズス会に係わる三人の神学者をとりあげたい。例えば、ファーガス・カーの『二十世紀のカトリック神学』[*2]では、十人の神学者がとりあげられているのに、何故ここではそのうちのイエズス会がらみの三人か、と問われるかもしれない。で、まず、その理由を述べておくと、彼等は若年時代密接に関係しあった時期があり（例えば、ド・リュバクとバルタザールは同じ修道院に住んで、後者は兄事した前者の影響を十二分にうけた。また、ラーナーとバルタザールは神学の教育課程の刷新のために文字通りの共同作業を試みた等）、イエズス会の霊性の影響もあって、彼等の表層的な思考の方向や書法の形こそ驚くほどに三者三様ではあるものの、その目指す先は深い処では一致していると思うからである。これは一例にすぎないが、ド・リュバクは博士課程を終らずに教授になり、ラーナーは哲学から神学へと移り、バルタザールは文学博士が出自であり、いずれも神学的には独学の部分がきわめて広い。また、ラーナーとバルタザールは、一時期鋭い緊張関係に立った（バルタザールのラーナーの「無名のキリスト者」に対する痛烈な批判、等）こともあったが、現在では、彼等が対立というよりは、相互補完の関係にあったと解するのが定説となっている。[*3]（なお、私的なことをつけ加えるなら、三人を選ぶについては、イエズス会のアンドレ神父の示唆があったことも事実である。「この世」では、時は刻々に過ぎ去り、人もまた足ばやに去って行く。

まして、至福の時は須臾にして消えて行くのだ。一段と黄緑の度合いを増した森の中の、姪の居間の暖炉の前で、いつもと同じ席に座り、常に変らずシングル・モルトを少しずつ味わいながら、アンドレ神父の口からでる名前を姪がメモしてくれたあの情景も、再び私の元へ戻ってくることはない。……)

アンリ・ジョセフ・ソニエ・ド・リュバク（一八九六―一九九一）がした仕事は、一口で言えば、当時崩壊状態にあった「原キリスト教的感受性」の全的な復元、もしくはその感受性総体の再創造を試みることであった。十一世紀を「偉大な世紀」としてこよなく愛した彼は、若い頃から、ギリシャ・ラテンの両教父達や中世スコラ学の膨大な文献収集を積みあげており、その積みあげからの自在な引用によって幾冊かの重要な本を書いた。ここでは唯一邦訳のある『カトリシズム――キリスト教信仰の社会的展望』[*4]をとりあげたいが、当書は二十世紀カトリック神学の鍵とも言われている名著で、内容は題名からも窺えるように、カトリックにおける個人の主張と社会（共同体）の主張をいかに合体させ、一本化させるか――言い換えれば、①過度に個人主義的で内省的な霊性と、②過度に強調されるカトリック的敬虔さの共同体的構造との、一元化の問題である。この問題は、当時の標準的なトマス（アクィナス）解釈であった、人間は神の恩恵によって授与された超自然的な目的と同様、自然本性的な目的あるいは運命をも有していると説いたという見方を覆して、プロテスタントによる教会分裂以前の教父達の考え方、人間は自然本性によって完成を希求するが、これは「超自然的」にのみ――専ら神の恩恵による贈物としてのみ完成に到る、というところまで延びて行く。つまり、ド・リュバクの答えは、人間にとっては（受肉がなされた現在では）キリスト以外にいかなる運命も存在しないというものであった。

私は『カトリシズム』では、第一、二、十一章と、巻末の原典（五十五の教父達の断簡集）に特に興味をもつ者だが、そのうち「私」と「共同体」に絞って、少しだけド・リュバクの考え方をみていきたいと思う。往時の教父達の感性をよく伝えている引用群もまたすばらしい。

•（教父達は）「個人（アダムとエバ）」と、神が直接的かつ非時間的に「神の像をかたどって」創造された「人間」とを区別する。しかし、両者は別のものではなく、あたかも三位の神が三つの神々ではないように、二つのものではない。

•つまり、「神の像」たる人間は自然的個人を（洗礼によって）無限に凌駕しているが、その基礎は依然として自然的個人である。ちなみに、「神の像」は総ての人において同じ像であり、かかる霊的な存在者を存在させ、神への神秘的な参与にあずからしめることは、同時に、彼等相互間の一致ともなっている。

・このことから、「キリストの体」との関係を考える場合、教父達は「人間本性」＝「同じ神の像をもつ一つの全体として創造された人間の本性」に注目するのが常であった。「罪」の侵犯、追放、贖いを待つ流滴の日々、これらを受けるのは「人間本性」であり、ついにキリストがあらわれ、『唯一の花婿』として来られたとき、その花嫁となったのも、ほかならぬ「人間本性（＝全人類）」であった。

・だから、罪とは根本的にはかかる「神の像」に対する不誠実、神との断絶、「人間本性」の一体性の破壊であり、罪の結果も人間の一体化の引き裂き、孤立、断片化の発生であった。要するに、「（一つでも）罪のあるところ、そこに多がある」（オリゲネス）のだ。

・したがって、（古代の観点からすれば）罪からの回復の業は、自ら（キリストによる）贖いにより、失われた一致の優先としてあらわれる。――人間の神との超自然的な一致の復元、それと全く同様に、人々の互いの内での一致の復元である。そのために主（キリスト・イエズス）は断片を集め、「愛の火」によって「神の像」を溶融復元し、一致（一体性）を再現させ、しかも自らを破摧した「全人類」をご自分の回りに一致・再結集させられる。

・こうして、「ゴルゴダの丘で流された血は、私達を再び結びつけ、私達を一つに固める（ナジアンゾスのグレゴリオス）」。これが「受肉」の結果であり、したがって、御言《みことば》の受肉は、単なる「肉体化」ではなく、「合体化」――イエズスへの個々の私達の合体、私達人類をご自分に合体――である。……しかもキリストは単に分離の壁を覆されただけではなく、実にご自身を新たな建物（パウロの「新しい人」によってのみ見出され得る唯一の神殿）の礎石として据えられたのである（二六頁）[*5]。

・ところで、教会の本性は、よく誤解されるように、物質的な面にあるのではなく、霊的な面にあり、カトリック性（カトリックとは普遍《カトリコス》的という意味であり、単一のものであって、総和を意味しない）もまた聖性同様、何よりも教会の内的・本質的なものである。それ故、教会は総ての人を包含しようとして、個々人において、総ての人に呼びかける。

・しかも、教会は、自らが「人間の内にあることを知っている」。というのは、教会は人間の基底に接していて、教会がその全秘儀（神秘）の内に保持している教理と、不可解（神秘）きわまりない人間本性との間には、深い対応があるからである（二九頁）。

•「地上の教会は、既にキリストの体、キリストの神秘的・社会的な身体であって[*6]」、それが同一の体の二重の状態を現している。つまり、教会は己が設立者であり頭《かしら》でありキリストに似て、前進する道程であると同時に終極であり、可視的であると同時に不可視のもの、時間的なものであると同時に永遠のものである（三三頁）。

•だから、教会は単にキリストの業《わざ》を継承するのではなく、キリストご自身を継承し、キリストを再現させ、真にキリストを私達に現存させる、と言うことができる（三九頁）。

•（以下第十一章に入るが、この章では、最初に、教理の社会的な性格と救いが各人にとっては私的なこと（最後の審判）、また個々人は永遠に個別のもの、このパラドックスが扱われる。）まず、教理全体が自然理性を面喰わせる一連の「パラドックス」であるからには、このパラドックスの層を通り抜けるために、簡単に言って、私達は個人性と普遍性との二律背反の調和、そのために区別と一致の関係を熟考するよう強いられる。

•教理上の「パラドックス」は、自然の「パラドックス」、即ち存在の異なった部分の間の区分を際立たせれば際立たせるほど、諸部分の一致はより緊密となるということ（この逆説的な事実！）、それを高度にかつ強く表現するものであると言い得るが、確かにこれは、物質的な対象を捉えるに適している私達の自発的で想像的な論理にとっては、パラドックス以外の何物でもない。

•しかしながら、感覚的な経験を手掛りとするとき、それはまた別の見方も与えてくれるだろう。例えば生きた物は、自己の内に機能と器官の深部に達する分化が進むに応じて、より強い内的一致を獲得し、高度な生命体となっているという事実がある。

•もっとも、これらの体験は私達が求めている真理を取り巻きはするものの、類比しか私達に提供してくれない（一九〇頁）。ところが信仰は私達に真理を、見せてくれないが、己が諸秘儀のより秘められた力によって私達を真理に触れさせる。例えば、神の内の三つのペルソナ、この三つの「対他性」は三つのペルソナ全体を構成しているのであるから、それ以上に強力な「対他性」を私達は考えることができないだろう。ところが、この三つの対他性は一性の内に、同じ一つの「本性」の一性の故に生じたものであるはずなのである（一九一頁）。

•（更に）教父達は、三位一体の教理の表明内に矛盾をみるのをやめるためには、物質的な事物の観想が生みだす思考の諸習慣から解放されることで十分であると考えた。何故なら、私達は（神をみつめる場合、私達はもはや物質の領域にはいないわけだから）諸物体の間に存在するような区分をそこに導入する必要はないからである。

・言い換えれば、「そこ」では、一致は混同ではなく、区分は分離ではなく、対置されるものと――相互の呼びかけという最も生き生きとした絆によって――結ばれる。つまり、真の一致とは……それぞれが相手によって完成させられることを目ざすのであり、従って「全体」は「ペルソナ」の対蹠ではなく、「ペルソナ」の「極」そのものなのである（一九一頁）。

・したがって、人間は神と一つに結ばれることによってと同様、彼はその肢体であるはずの大いなる「神秘体」に統合されることによって、（パラドキシカルではあるが）逆に自己を見出し、自己を自由にし、存在のうちに自己を確立する。そして、それは「教会そのものの一致の内に固められる」（一九二頁）。

・しかもこの場合、ペルソナの古い意味（役）がよみがえってくる。「役《やく》」、それは本質的に一つの「全体」へと一致して向かうために、他の者らとの関係に入る、ということであるだろう。つまり、ペルソナとしての生への呼び掛けは「召命」即ち永遠の「役」を演ずるようにとの呼び掛けなのである（一九二頁）。

・「唯一者」の内に孤独になく、「生命」の豊かさと「現存」の熱がある。（同様に）自足する「存在者」の内に利己主義はなく、完全な「賜物」の交換がある。造られた霊的な存在者は、「［絶対的］存在者」を遠くから模倣するものであるが、その構造をなにがしか再現しており、……そこに創造主たる三位のしるしを知覚することができる。孤立している人間は一人としてない。各人が、己の存在そのものの内に、万人を受け容れており、己の存在そのものを万人に与え返しているはずである。……開花したペルソナ[*7]（人格性）、遠心的な中心。あるいはペルソナ、一つの宇宙、ただし、他宇宙を前提として（一九二頁）。

・（こうして）カトリシズムと人格主義とは調和し相互に補強する。キリストによって提供された啓示である「ペルソナ」という言葉は、①私達一人一人の比類のない価値所有と、②この絶対的価値のうちに私達の自由にふさわしい唯一の目的＝総ての者とともに完全な共同体を実現することの表示を見出す（一九五頁）。

・キリストは御父を啓示し、［御父］によって啓示されたことで、［人間］に人間を完全に啓示される。人間を掌中に収めることで、人間を掌握し、その存在の奥底まで浸透することで、人間が思いもかけぬ領域をそこに見出すために、キリストは人間も自己の内に下るよう強いるのである。キリストを通して「ペルツナ」は成熟したものとなり、「人間」は最終・決定的に宇宙万物を凌駕し、人間は充全的な自意識を獲得する（一九六頁）。

・人間には自己の普遍的な広がりを完全に発見させる何物かが含まれている（一九六頁）。

・（共同の生）個の宗教と内的生とは個人主義もしくは宗教的主観主義と同義語では決してない。「真の宗教とは心の内に隠れている生である」が自己中心主義の内向とは全く関係がないものである。……隠れたところの祈りに関しても「我々にとって祈りは公のものであり共同のものである。我々は祈るとき自分一人のためではなく民全体のために祈る。民全体として我々は一つだからである。我々に一致を教えられた方は、総ての者をご自分ひとりで担われたように、一人ひとり、総ての者のために祈るように望まれた。（キプリアヌス）」（二〇〇頁）。

iii 揺れ動く森（中）

カール・ラーナー（一九〇四―一九八四）の仕事は、第二バチカン公会議の理論的支柱の一つになったことからも判るように、その数々の重要な問題に深い処から対応することを中心としていて、自分自身では常に基礎へと立ち返りながらすべてのことに一つの立場を貫く「体系家」とは考えていなかった節がある。しかし、私などには、邦訳のある『キリスト教とは何か――現代カトリック神学基礎論』[*1]等がいつでも彼の思索の底にあり彼の論を支えているように映るのだが、どうだろうか。彼は一九二二年イエズス会に入り（兄のフーゴもイエズス会士で優れた神学者だった）、当初は哲学を学んだが、哲学での博士論文が拒否され神学に転じたという経歴をもつ。そのためとは言わないが、「思索のラーナー」とよばれる彼の考え方の特徴は、妙な言い方になるが、哲学的な制限・限定を排除した哲学思考的な緻密で明晰な考え方にあると私は考えている。では彼はその考え方をどこへ向けていたのか。おそらくは常に「基礎へ」。そして、彼の『神学基礎論』は、一般には難解と言われているが、一度似たようなことを自分で考えてみた者にとっては必ずしもそうではなく、時に長年にわたる渇きを癒してくれる感じさえする名著だと私に思えた。以下でに、このような立場から、訳者百瀬氏の「あとがき」等を参照しながら、『神学基礎論』の序論を中心に、第一・第四課程と第六課程のいくらかを辿ってみたい。

・（まず、キリスト者という者の素描）キリスト者たることは、一人のキリスト者にとって究極的には自分の存在の全体である。そして、この全体は、神と呼ばれる存在の暗い深淵に導く。これを試みる者の前に……ほかならぬイエズス・キリストが立ちはだかる。実存の深淵が口を開く。そして彼自身、自分が十分に考えたとも、愛したとも、苦しんだとも、言えぬことを知っている（二頁）。

・このようなキリスト者は、やがて単なる理論的内省においてなりとも、キリスト教信仰の姿を一つの全体として捉えようとするだろう。この場合、私達が直面するのが「原初的なキリスト教的実存遂行［まだ内省の対象とはなっていなくともすでにあるキリスト者としての生き方］[*2]」と、それに関する内省［対象概念化］との間の不断の相違ということである（三頁）。

・しかも、今日私達は人間の多元性、あるいは人間の接している多元性を十二分に経験している。そしてその多元性は、当然、神学の内にある哲学にも及んでおり、更には神学そのものの多元性にも重なっている。これら多元性の全体に精通することは不可能に近いが、しかし、キリスト教的実存とその正当性を知的に内省するためには必ずしもこの全体に精通する必要もない。私達には「推測の感覚」というものが存在するからである（十二頁）。

•（ではラーナーの考える「基礎論」とは何か）キリスト者の具体的な生き方の中で原初的統一をなしている哲学と神学、その原初的な統一である。キリスト者は信仰を抱いている人間であると同時に、この信仰は自分の実存全体の内省を求めるものだからである（十三頁）。更に、ここで注意すべきは概念と事柄の区別であり、ここで取り扱われるのは概念であって事柄そのものではないということである（十七頁）。

•そのうえ、人間においては「原初的な自己所有［人間がまだ概念的に内省化しテーマ化していないがすでに実存の根源において自己を掌握していること］」と内省とが、相互に区別はされても不可分に一つになっているという事実がある（十八頁）。つまり、現実には、全く客観的な現実「それ自体」とその明晰判明な「概念」とが対立して存在するというだけではなく、現実とその現実において「自らに目覚めている在り方」との原初的統一があり、この統一は、この現実とその客観的概念との統一よりもはるかに強く、はるかに原初的なのである。……ここで再び注意すべきは、人間における現実とその自覚めとの原初的統一は、常に言語と、したがって内省と、したがってまた伝達可能性、それらとともに、それらを通してのみ（発現するので）、この内省という契機がなくなったとしたら、その瞬間に原初的な自己所有も存在しなくなるであろう、ということである（十九頁）。

ラーナーの議論はこのように緻密に順を追って進んでいくが、きりがないので、以下ではところどころを拾い読みしていくことにとどめたい。

・まず認識。認識とは、そこで知る主体が自己自身と自分の認識とを「知りつつ所有する」というものである。（つまり、いかなる認識においても）認識においては、ただ何かが知られるというだけではなく、さらに主体が何かを知るという事実自体が、ここでは同時に知られているのである（二一頁）。

・そして、たとえこの認識者が同時に知られる主体と認識行為の自覚を、一つの内省の行為で、明確に新しい認識行為の対象としたとしても、その場合にももう一度同じ認識の構造が成立する。（しかも）この内省された行為は、自己と自己の認識についての原初的な自覚を不要にするわけでもない。主体とその認識との自覚がこのように前面にだされ、明確に主題《テーマ》化されても、それは原初的な自覚とは決して同一ではなく、内容的にも決して適格《（ママ）》に原初的な自覚をとらえ尽くすものでもないからである（二二頁）。
・この認識と同時に知られ、まだ主題《テーマ》化されていない主体の自覚と自己認識は、決してただ単に何らかの対象を捉える認識行為に付随する現象なのではない。……むしろ、主体の構造は、それ自身「先験的《アプリオリ》な構造」なのである。即ち、主体の構造は、何がどのようにして認識されるかを、あらかじめ定める法則を成している（二三頁）。……（言い換えれば）人間の精神的認識の全体に目を向ければ、そこでは認識主体の自己所有が真に実現されている（これがトマスが述べたように、主体が「完全に自分自身に帰還すること（reditio complete）」である）ことが判る。
・では、この自己所有はどのような先験的《アプリオリ》な構造を有しているのか。自己所有はつねに感覚的に与えられた諸対象の時間的かつ空間的な経験を媒介してのみ実現されるのであるが、原則的かつ本質的には、主体はすべてのものに対して、存在一般にたいして純粋に開かれている（無制限な精神の開放性）と考えざるを得ない。何故なら、主体は自らを有限的なものとして認識し、その認識において対象の可能性が制約されていることをわきまえているとき、すでにそのことを通して、自らの有限性を越えており、そして主体的にではあっても、まだ主題《テーマ》化されていない形で感じ取られた「地平（horizont）」、即ち諸対象が認識されるための無限の広がりを持った地平から、有限的なものである自分自身を区別しているからである（二二頁）。

•（このように）認識主体は、主体としてまだ主題《テーマ》化されてはいない仕方ではあっても……同時に必然的かつ不可避的に自らに目覚めており……あらゆる現実の無制限の広がりに開かれている。このように主体から自らに目覚め、無限に開かれている在り方を、私達は「超越論的経験（transzendentale Erfahrung）」と呼ぶ。……またこの経験は「超越論的」経験と呼ばれる。何故なら、それは認識主体の必然的な構造自体に属するからであり、また特定の諸対象、諸範《カテ》疇《ゴリー》を越える認識主体の「超越（transzendental）」において成立するからである。それゆえ、超越論的経験は「超越」の経験でもあり、この経験において主体の構造と、ありとある認識対象の究極的構造とが同一のものとして同時に与えられる。……この認識論的経験の特徴は、それ自体においてではなく、常にそれに関する抽象的な概念を通じてのみ、対象的に思惟されるということにある。……（つまり）超越論的経験が志向する目標については、（私達は）ただ間接的にしか語り得ないのである（二五―二六頁）。

•（後述するように）超越論的経験と共に、神についてのいわば無名で、また主題化《テーマ》されていない認識というものが存在する。「原初的な神認識」は、外からたまたま対象が迫ってきて、これが認識されるという類のものではなく、超越論的経験の性格を有しているのである（二六頁）。

・この主体の、主体的で非対象的な目覚めが、超越において常に聖なる神秘に向かう限り、神認識は、そこでまだ主題化《テーマ》されず、名をもたぬ前であっても、すでに与えられている。……私達が「神」と呼ぶ存在は、沈黙のうちに自らを人間に語り、絶対的で何ものによっても包括され得ぬ存在として、決して一つの統合的体系に組み入れられぬ超越の目標として、人間に出会うのである。また、この超越は「愛の超越」である限り、自らの目標を聖なる神秘として経験する（二六頁）。

・この何ものにも包括され得ぬものでありながら、同時に自明な存在でもあるこの神秘（人間をそれへと超越し、人間がこの超越を通して人間として存在し、主格が人格としての自らの根源的な本質の獲得へといたるこの神秘）……は本来最も自明な存在であり、それ自体に根拠を有していて、私達がそれ以上何の説明も必要としない唯一の存在なのである。何故なら、他のあらゆる理解は、……この超越の上に根拠を有しているからであり、「あらゆる明白な理解は、神の闇に根拠を有している」からである（二七頁）。

以上でやっと序論の二八頁が終る。六〇〇頁を越える本文の僅か五%。そこで、以下ではラーナーの重要な概念の幾つかに注目して、それらの概念（や超概念）の間の関係のみをラフにスケッチし、それを通してラーナーの考え方がみえてこないかどうか試してみよう。

・超自然的実存規定：人間は死に至るまで、どのような状況であれ、絶対神からの自己譲渡の招きの秩序の中にいることを指す（高柳）[*3]。つまり、人間は、その自由な主体性にもかかわらず、常に自分が他者の支配のもとにあって、自分自身はこれに対して意のままになり得ぬことを経験する。まず第一に、人間の認識論的主体としての構成それ自体が、神秘である存在の自己提供によって担われている。……人間の超越論性は、決して絶対的な主体の超越論性として把握されず、それはあくまでも「志向性」であって……名状しがたい神秘の深淵の中に根拠づけられるものとして経験する（五三―五四頁）。

・志向性：人間は神に向けられている存在である。人間の絶対的神秘への志向性は、この神秘が人間に、人間本性の根拠かつ内容として与えられている（五六頁）。（例えば）人間は常に自分の「歴史的有限性、歴史的由来、自分の出発点の偶存性をわきまえている。しかし、人間が自己の制約性をありのままに経験する限りにおいて、人間はある意味でその制約を越えており、しかもその制約を捨て去れない。このような有限性と無限性との間に置かれている在り方が、人間を特徴づける（五四頁）。

・超越論的かつ後験《アポステリオリ》的な神認識：人間の超越論的経験は――「神認識」を含めて――ひとまずは私達の世界、私達を取り巻く環境世界の中の具体的諸現実に対して、事象的次元での出会いを持たねば（これが後験的ということ）あり得ない。にもかかわらず、神認識はやはり超越論的で（も）ある。何故なら、人間が絶対的な神秘を志向する原初的志向性こそは、人間の「神経験（Gotteserfahrung）」の根本となるものであるが、その志向性は精神的主体としての人間に備わっている「実存規定（Exitential）」だからである（六八頁）。

・神の自己譲渡：創造と救済の業《わざ》を前提としてキリストの受肉の出来事にみられるように、神が人間に前提なく、無償でご自分を与えようとして提供されていること（高柳）。私達の思惟の出発点とすべき根源的な出来事は次のようなものである。それは通常に考える意味での「受容」ではない。……信仰によって私達が知る根源的な出来事は、神御自身が「自らを譲渡されること（Selbst-entäußerung）」であり、何ものかに成られることであり、神が御自身を「無とされ（kenosis）」かつ「造られること（genesis）」である。……その際、御自身の固有で根源的存在それ自体においては、生成せねばならぬという必然性をもたれるわけではなく、神はその恒常無限の充満のもとに御自身を空しくして譲渡されるとき、他者が御自身の現実として生じるのである（二九一頁）。
・位格的結合：イエズス・キリストが、同時に神であり真に人間であり、両者は混合することなく、しかも分離・分割されることなく、一致・一体性にあるという信仰上の神秘を指す（高柳）。キリストの本質的な在り方を定義した神学的用語。キリストは神性と人性との両本性における唯一の位格において神性と人性とは混合することなく結合する。したがって、キリストの人間的現実が、そのまま地上において語られる神の自己表明であることを言う。ラーナーは人間の本質に関する超越論的考察から出発して、このキリストにおける現実を、人間の自己超越が結晶した姿、神の自己譲与が歴史の中に最終・決定的に実現した姿と考える（二三五頁、注釈）。
・人間の自己超越と位格的結合とのかかわり：すべての人間が自己超越を潜在能力として内に秘めているとすれば、人間はその「本性」そのものが自己自身に到達した「超越可能性」であると考えることができるだろう（二五九頁）。したがって、かかる本性をもつものにとっては、神との直接的な係わりへの自己超越の遂行は、自分自身がこれに逆らわぬ限り、個々の場合に限って遂行を拒絶されることはあり得ないはずである。……ところが、キリスト教教義では、一人の特定の人間の本性が神のロゴスと位格的結合をなすということが教義の中枢部を構成しているが、このこととその前の人間本性との関係をどう「和合」させるのであろうか。（途中の議論を省略して結論だけを述べるとすれば）そのためには、受肉そのものが、その唯一性と唯一性に伴う尊厳を認めた上で、なお全世界が神との交わりに到達するという恵みのためには、受肉が、内的で必然的な契機だということが認められなくてはならないとラーナーは考える。言い換えれば、受肉の出来事と、全精神世界が神の自己譲与を通して神に向かう自己超越と、この二つの間には内的統一がある（内的統一がなければならない）と彼は考えるのである（……なお、この場合、位格的結合において神のロゴスが人間性を自らのものとするとき、この位格的結合が、受容された人間性にもたらすものは、元来ならあらゆる人間の目標であり完成として志向される事柄――キリストの被造的かつ人間的霊魂が享受する「神の直観」であることも触れておく必要があるであろう）（二六一頁）。

・若干の補足：人間、この一つの統一体のありようは、精神と物質が何であるかを示している。……（即ち）物質は自己超越を経て精神において自己を見出すという根本的な傾向を有している。人間はこの傾向がその決定的な実現にいたるところの存在者である。そして、この人間の本質はその最高の自己認識、神の側からの恵みによって可能にされた全き自己超越によって神の中へと自己超越し、こうして神の自己譲与によって……恵みと栄光において（神の自己譲与の歴史的過程では「恵み」とよび、その完成においては、「栄光」とよばれるものに生起）自己と世界の完成を「待ち望む」ものなのである（二三五頁）。ちなみに、ナザレのイエズスは「救いの絶対的仲介者」として、その主体において、神の絶対的自己譲与の過程が、もはや撤回不可能なものとして存在している（二五三頁）。

ラーナーのために一言弁明しておきたいのだが、私達の主への志向性が、私達の内奥部にケノーシス（自己無化）により、主が入り給い、私達を駆り立て給うことと一体となっている、という一見簡単なことをきちんと言うためにも、ラーナーのような迂回的かつ漸進的な接近方法が必要不可欠なのである。ところまで長々とラーナーの考え方を写してきて、ふと気がつくと、窓の外が異様な雰囲気に変っていた。薄闇の中に佇んでいる森が、突然光に溢れたのだ。小雨はどうみてもとぎれることなく降り続いているにもかかわらず、何故か木の葉裏は、濡れながら輝いているようにみえる。午後四時少し前の森の中で、いわば雨の昏さと光の輝きとが合体して燦めいているのだ。驚いて私は写すのをやめ、窓際に立って、茫然とその光景をただ眺めていた。

iv　揺れ動く森（下）

だが、妙なことにこれだけにはとどまらなかった。その二日ほど前の、少し遅くなってからの小径の散歩。遅くなったときは近場を廻ることにしていたのだが、その小径の途中には、去年はじめて知った、あの枯枝が贈与してくれた「聖なる場所」があった。あれ以来、その横を通るときには、必ず立ち寄って空地に跪いて、祈るのが習慣になっていた。もっとも、祈るといっても、祈る言葉も知らない私はただ頭の中を真白にして首をたれる、ただそれだけのことだったが。祈りを了えて元の道に出ようとしたとき、不意に私の失われかけている聴力が水の流れる音のようなものを捉えた。驚いて密集した木立の間を透かしてみる。すると折り重なっている草や幹の間から、流れている小川の燦めきのようなものが浮かびあがってくる。ただ奇妙なことに、燦めきは空地の入口のあたり迄は到来するのだが、そのあたりでふっと消えて、地下へもぐってしまうのか、どうしてもその行方を確かめることはできなかった。この森全体には数多くの地下水脈が縦横に走っていて、ところどころから地上にあらわれたりするため、借手のつかない敷地があるということは知っていた。しかも、水脈は時々その位置をずらすらしく、突然庭の中に水が噴きだし、周りを花畑に変えてしまった山荘をみたこともある。そう考えてみると、あの聖なる空地のはるかな高みからは、地下に縦横に流れ巡る「この世」の水脈が、動く聖霊の飛沫のようにあらわになっているに違いない、と私には思われた。バルタザールの時刻が熟《う》れはじめてきたのだ。

ハンス・ウルス・フォン・バルタザール（一九〇五—一九八八）は今日でこそカール・ラーナーを凌ぐほどの偉大なカトリック神学者との名声を得ているが、生前は各方面にわたる超人的な業績にもかかわらず必ずしも正当な評価を受けていたとは言い難い面があった。それは一つには彼が一種の孤立を強いられていたという状況があり、いま一つにはその仕事の厖大さ故に（長短あわせて一〇〇〇本以上の著作物を遺したと言われている）容易に全体を見通せなかったということがあった、と思われる。ここでは、特別なものを除き深入りすることを避け、唯一の邦訳書である『過越の神秘』[*1]の訳者による優れた「あとがき」やファーガス・カーの『二十世紀のカトリック神学』、「カトリック研究」に掲載された高柳俊一氏の『栄光』三部作に関する三つの論文[*2]から、できるだけ手短かにバルタザール像を素描してみたい。

まず、バルタザールの思想形成だが、元々彼は文学博士であり、哲学や人文科学全般に稀にみる深く広い素養を持つ、「現代におけるウォーモ・ユニベルサーレ（万能の人）」の名を恥しめない人であった。例えば、最初期の浩瀚な『ドイツ魂の黙示録』には、すでにして、形・姿という神の美＝神の栄光という考え方の萌芽がみられる由である。その後、一九二九年にドイツのイエズス会に入り（本人はスイス人。スイスではイエズス会が禁止されていた）神学者の道を歩む。神学生時代には、「この世における聖性を追求するイグナチオ・ロヨラの霊性」の影響を受け、更に同じ修道院にいたド・リュバクと親しくなり、オリゲネをはじめとする厖大な教父思想に没頭する。司祭叙階後は自ら選んで学生のチャプレンとしてバーゼルに赴任するが、ここで運命的に出会った二人の人物が、ある意味では、バルタザール神学の性格を決定する。一人はプロテスタントの大神学者カール・バルトであり、いま一人は深みに到る多くのものを彼にもたらした「見神者」アドリエンヌ・フォン・シュパイルである。

特に後者との遭遇によって、彼が他にも見出していたカルメル会の聖女達とともに、以降、ヨハネ神学――「跪く神学」と言われる観想的傾向の強い神学の途を辿ることとなる。このほか、各種共同体を組織し、出版社をたちあげ、広く翻訳者として活躍するこの方面のバルタザールを重視する見方もある。

では、このようにして形成されたバルタザールの思想や業績とはどのようなものであったのだろうか。後でいま一度ふり返ることになると思うが、まず、当時すでに「忘れられていた超越概念」としての美（pulchrum）の――真（verum）と善（bonum）に並ぶ概念としての――現代への復活ということがあるだろう。ただし、この場合の美とは、「神の栄光（Gloria,doxa）」――の地上への流れ――を意味し、あくまでも神学的な「美」なのであるが。言い換えれば、この「美」は、有限な存在の形で放射され、人間に超越の感覚をよび覚ます。ということは、ド・リュバクの場合と同じように、彼も当時は神学的な美の感受性がなくなっていたと捉えていたということである。しかし、何故美が重要なのか。それは、神／神の栄光をみることに繋がるからだが、もっと具体的には、美しい存在の中に、無限なるものが自らを開示することによって、有限な存在である私達人間との交わりが可能となる、と考えるからである。つまり、バルタザールの「美の神学」は一貫してキリスト論的であって、無限なるものは有限の人となられた神の御子の中に啓示されていることによって、（はじめて）神は人間に近づき得るものとなった、したがって、神の「理解」は神・人キリストへの信仰によってのみ可能となる――というものであった。このことは、ある意味では、カール・バルトの影響下で試みられた、バルタザールによるカトリック神学の流れの中へのキリスト中心主義という改革の導入、とみる見方もあるが、ある程度は当っていよう。

ところで、話は少し前後するが、このようなバルタザールの基底には彼の基本的洞察とでもいうものがある。様々な言い方はあるだろうが、それを二つにまとめるとすれば、次のようになるだろうか。――

（1）イエズス・キリストの生と死と復活の中に「神の形（姿）」がある。そのことは、㋑新約聖書の記事、つまり、キリストの言葉と行為、受難等の示す「美的統一」によって、㋺無条件的愛の「型」の提示によって、知ることができる。

（2）キリストの無条件の犠牲的な愛は、（有限的）存在の神秘、存在の源（無限の存在）の神秘、（三位一体の神の超越論的愛の交わりを含む）をも示している。言い換えれば「キリストの姿を通して、愛である神の三位一体論的愛が、この世に輝きわたる」のである。

ちなみに、ここまでの記述はほぼ全部を九里氏の「あとがき」によっているが、このように書き写してくるとき、誰しもがバルタザールの「読み方」の三つの特徴に気づくのではあるまいか。一つは、反新約聖書学者的な読み方であること。九里氏は「明白な統一体の無意味な断片への切り刻み作業への反対」と書かれているが、その通りだろう。二つ目は、新約を読み解くことは、イエズス・キリストにおいて神の栄光を仰ぎみること（信仰必須）であり、観想的な読み方が唯一可能な読み方だということ。そして、三つ目が、バルタザールのキリスト論がきわめて具体的であり、あえて言うならイコン画的だということである。こういうようにみてくると、バルタザールの把握の仕方は、一貫して反分析的であり、常に包括的一体把握をめざしていること、またそれはおそらくは上からの神学であるヨハネ神学（アンドレ神父、お赦し下さい）と繋がってくることも納得できるように思われる。

次に二つの著書、『過越の神秘』と晩年の三部作『栄光』をみておきたいのだが、その前に、初期の『世界の真理（wahrheit der welt）』[*3]をほんの少しだけ。カール・ラーナー等の考え方と照らし合せば興味深いと思うので。多分、私にとって一番注目したいのは、

•「自己認識と世界の顕在化は、単に同時に行われるというだけではなく、そ

れらは内的に不可分に行われる」という一行。それからこの一行に関して、主体と客体についての幾つかの次のような記述群——

・主体とは、常に既に世界に参与している自分自身を発見する出来事である。

・主体の啓示は、客体との出会いにおいて起こり得る。

・主体の自己認識は、他者の認識という迂回路を経るときにのみ、その現実性に到達可能である。……主体自ら外へ出ていくときにのみ、そして世界に創造的に奉仕するときにのみ、主体は自己の目的を自覚し、それ故に自己の本質を自覚する。

・一方、この世界の諸々の客体は、客体が客体自体であるためには、主体の広がりも必要となる。……主体とはそこで事物が自らの可能性を広げることのできる寛大な住まいのごときものである。

・主体と客体とは互いの内において拡張して行く。（しかし、バルタザールにとっては……主体が世界に存在する意味のすべてを引き受けるわけではなく）客体は主体の広がりの中へ受け取られることによってはじめて豊かにされるのである。

・（言語の問題）「自己発声／自己発語は、諸感覚の自然本性的な象徴的言語に結ばれている」が、これは一つの限界でもある。何故なら、私達は感覚野として持つ孤独を決して克服し得ないから。にもかかわらず、この象徴表現的な言語の支配という事態は、一つの助力でもあり豊饒さでもある。……言語は本性の言語と本性の表現の諸法則に基礎づけられている。――つまり、言語とは、人間の表情とりわけ人間のすべての姿と形が霊魂としての本性と精神としての人間の自由の中に根付いていることを、不可分に表現するものである。感覚的表現と知性的表現の間の境界は厳密には定義され得ないのだ。

・（神との関係についても一言）バルタザールにとって、どのような知解においても、私達は自己の被造性を常に既に知っており、このことを私達は後から説明可能であり、そしてそのようにして神の存在を結論づけることができる。……つまり、把握することとすべてが、それ自体で神の把握を通して知解されている限りで、信仰の形は既に自然的理性の中に写しだされているのである。

所謂『栄光（Herrlich-keit）』三部作は、一九六一年第一巻刊行以来、一九八五年最後の第十五巻が出されるまで、ほぼ二十五年にわたって書き継がれた――それでも第I部の最後は未了だと言われている――バルタザールの主著とも言うべき大作である。全体は第I部「栄光――神学的美学」、第II部「神の演劇学」、第III部「神学論理学」にわかれ、彼の神学思想を包括的に整然と展開提示しようとした意図をもつ。書法もバルタザールらしく具体的かつナラティヴ（と私は思うのだが）で――例えば第II部「神の演劇学」の第一巻は「西欧演劇精神史」の稀にみる傑作（高柳氏）であり、人文学、文学研究、神学の統合が達成され、新鮮かつ刺激的なものだと言われる――読み易い由である。『栄光』三部作の概要を「美」を中心として簡単に列挙しておくなら――

（1）根底にある思想は、カール・バルトから引き継いだ神中心主義的態度、即ち「神は何よりも偉大」という考え方である。

（2）恩恵の栄光は地上では美となって顕れる。ただしこの場合の「恩恵」には「啓示中心と同時に、ギリシャ教父がもっていたミュステリオン（神秘）の観想というものと一体になっている」。

（3）元々バルタザールは、繰り返し述べているように、観想的な傾向が強いが、そのことによって全体的包括的な表現を常に追い求める。したがって、彼の美的「感覚」もまた、黙示的な火のイメージとともに、全体、エイドス（形相）が重要な意味をもっていた。

（4）つまり、美は存在の究極的包括的な神秘の底から湧き出してくる輝きであり、私達の存在にとっては本来的な〈異質性〉がある。例えば、彼は、啓示と美との一体性（の輝き）を歴史的根源的しかも終末論的黙示的な啓示と美との出会い、言い換えれば受肉の出来事によって根源から発する輝きになった（このように説明ができる）と考えていた。

（5）（このような考え方の下、バルタザールは啓示と美との分離が近代に起こったことを主張するが、この主張は恩恵と自然理性との分化が近代に起こったことと平行的ではないかと（筆者）にはみえる。）

（6）このような美から宇宙世界史のドラマを通して（「神の演劇学」）神のロゴスへの回帰（「神的論理学」）という構想が、バルタザールの裡に誕生する。言い換えれば、エイドス・ゲシュタルト（形相、姿）としての美の発現から、相・姿を動かすデュナミックへの注目、そして更にデュナミックの根源である神の内面のロギックへ、というわけである。

（7）結局バルタザールの言いたいことは――

ⓐ本質的なものは愛であり、上からのヨハネ神学である。

ⓑ神の啓示の決定的な現れとしての、ケノーシスの形相の下での受肉の出来事、それと最後の再臨としての黙示的炎との間に、救済史の全ドラマがある。

ⓒ結論として、神の栄光によって輝きをもたらされる宇宙において、神は主であり、Herr-lich である。しかも創られた宇宙の包括性は人間精神の中に一番よく表現されている。そして、その精神をつくりだした世界には、いわば

存在の啓示の最高の表現がある。

最後に『過越の神秘（Mysterium Paschae）』を少しだけ。バルタザール神学はキリスト論が中心で、中でも三日間（聖金曜日、聖土曜日、復活の三日）の神学が中心、更に聖土曜日が中心だとはよく言われることのようだ。この書物はまさにその三日間を聖土曜日を中心に観想したもの。元々は実質七巻となる浩瀚な救済史的教義綱要の一つの章（！）が独立して一冊となったもの。成立時期は一九六九年、『栄光　神学的美学』を書き了えた時期と重なっている。内容的にはフォン・シュパイルの神秘体験――シュパイルは、毎年おちいる復活祭前後の恍惚状態の中で、主とともに「地獄下り」を体験したようだ――の影響が大きいとみられている。つまり、シュパイルの神秘体験を瞑想（観想）のうちに神学の根底にとり込んでいくのだ。この場合にも（訳者の九里氏の「あとがき」によれば）、

①御子の従順を「陰府への下降」（バルタザールの言葉によれば、「死者への歩み」）の中に見、それを受肉の最終目的と捉える。

②別の言い方をすれば、ケノーシス（自己無化）の三位一体論的理解の展開における極限のケノーシス[*4]としての（「陰府への下降」の）把握。というのは、

ここでは、神が神の対極に位置（地の底）されるから。
③この場合、極みの自己譲与、徹底的な受動的受難とでもよぶべき「状態」が生じている。つまり、神から見捨てられ、完全な無力のうちにあるもの達と「同じく完全な無力のうちに」個々に並んで、ただ横たわるのである。これは人間にとっては「並置」であるが、神にとっては「連帯」であると思われる。
④これは何を意味するのか。（九里氏の解釈によれば、そして私もそれに賛同するのだが）「ケノーシスが、神が神であることを放棄することにあるとすれば、御子が罪人として死者として、御父から見捨てられ、何の光もない底無しの絶望的状況へと入っていくことは、神が神であることの対極に位置することになる。」「それはまた、天から地へ、地から地の底へと垂直に延びた線の最深・最底の極点へと達することである。」
④'確かに償いの業は、十字架の死において完成されている。しかし、それは能動的受難として特徴づけられる。一方、「陰府への下降」を通して、キリストが徹底的に神から見捨てられた者と「連帯」すること（受動的受難）は、すべてを超えて、すべての存在者の普遍的救い（カトリカ）となるのだ、と考えられるのである。（バルタザールのまとめによれば、神と人間の和解のわざの有機的統一をみるならば、ケノーシスという事態は、神がへりくだることによっ

て……かえって神性を確証したのだと言うことができる。神は、キリストの「陰府への下降」を通して、地獄の深淵まで自己譲与をし、自己奉納であることを啓示したのである。そこにはいかなるパラドックスもなく、十字架の死、それに続く「陰府への下降」は神の偉大さを示すものであり、三位一体の愛の内に理解される（！）のである。）

それにしても、私はキリストの「陰府への下降」、そこでの完全な無力のうちに、見棄てられた死者達とともに、ただ横たわる、その箇所を読むたびに、激しい戦慄に襲われる。何故に。私達人間がみてはならない神秘をかいまみるような気持がするからである。

いずれにしても、ド・リュバクもラーナーもバルタザールも、いままでみてきたような考え方の下で、恩恵と自然理性の分裂を――その元でありあらわれである「私の逸脱」を――再び癒やそうとしたのではあるまいか。……秋に入る頃の森はひときわ美しい。空気の流れが透明度を増し、光の滴りが冷え込んできた森の木々の奥にまで差し込んでくる。

森よ　殆ど消えかけている心と体で　躓きながら　お前の小径を辿る私を　常

に深く慰めてくれたお前　あの「聖なる空地」で跪く私に　地下水脈の微かな気配　また　様々な葉裏の　彼方からの木漏れ日のような遠い気配を　届けてくれた私の森　まもなく　私はお前を離れ　二度と戻ってくることはかなわぬだろうが　お前がひととき　私の深みに「内在」し　同時に　はるかな高みに私を「超越」していたこと　それは決して忘れることはないだろう　お前こそは主の栄光の美しい耀い　私に栄光を深く納得させてくれたもの　もし許されるなら　私はこの記憶を唯一胸にして　主の翳の御前に立ちたいと思うのだ

お別れだ　森よ　私の小屋よ　私のちびよ　そして私の愚鈍な思念の数々　この数年　私のすべてであったお前たち……

私の「とき」が　静かに私に近づいてくる……

夢の岬

暁近く　突如として　森が開く

「飛べ」――
かつて一度だけ　耳にした声が
はるかな記憶の底から　再び私へと迫り上ってくる

主よ　すでにして　私は　瞬間のような水
をふり落としながら　闇の中を　飛んでいます
（だが　海が　これほどに森に近づいていたとは

（私は　まったく知らなかった

暁前の海は昏く　凪いでいるようにみえる
所々で明るみに似たものが　浮かぼうと動いている
その中を　風は　私をかかえて急ぐ　どこへ
私の五十年を越える大周航　その起点へと

この歳月　私は　みた　知った　そして書いた
傍らを過ぎて行くすべてのものを
その事態を　その事態の奥にある闇の深さを
そして　いまは　何一つ私には残っていない

（私の唯一人の同志もすでに逝った　羽根切り音よ
（ここでいま　私は眠っているのか　覚めているのか
（死んでいるのか　それともまだ生きているのか
（しかし　そのようなことを　私が知って何になろう

ひたすらにみて　ただ飛び続けよ　細部を　もっと細部を
ご覧　旅の終りには　光は辺となって　昇ってくるはず
終りとは　いつでも根絶――在ることの根を
根こそぎ主に戻すことにほかならぬゆえ

すでに透き通る風の襞々の間から
白い波頭が　動いてやまぬ波々がみえかくれする
エッジをたてよ　大周航に終りを告げる　小旋回
ずたずたになった私の船板は　軋みながら曲りはじめる

眼下に展がってくる淡い翳　あれはあの半島ではないのか
半島の北の岬　群なす岩礁がたえず波に打たれている処
かつての　縦横の帆柱を背負う破船もすでになく
木も草も滑り行く鳥影一つない　荒涼とした岩の磯辺よ
夥しい炸裂の痕跡　渦巻き漂う数知れぬ船の砕片
死者達の声なき呻き……なべて　鈍痛と非収束

だが　層なす闇の輝きは　いまだその姿を顕わさず
ドミネ　ミゼレーレ　ノビス　オ　ドミネ！
すでにして　私の左脚は激しく水面を切り裂いている

森の空地の一本の木

エピローグ

その森は　それほどに　深くはないが
絡み合う枝々越しに　光が差し込むそんな日でも
木々の足元　細《こまか》い葉末　下草などは　いつでも何故か濡れている

そして　そこへ行く径は　ずっと前から跡絶えていて
ただ　それを語る言葉だけが
いまでも　少しばかり　私達に残っている

森の中には　一箇所だけ　何もない空地があって
そこに一本の小さい木があり　糸毬のような枝葉から

は不可能」くらいに考えておいてほしい。興味のある読者は、高橋昌一郎『ゲーデルの哲学』（講談社現代新書）、E・ナーゲル、J・R・ニューマン／はやしはじめ訳『数学から超数学へ』（白楊社）等に当って頂きたい。

＊6：玄武岩、この語は私にマラルメのソネの次の数行をひき起こす。A la nue accalante tu／Basse de basalte et laves……。

（補注1）本来なら「超ストリング理論」もとりあげるつもりだったが、「明け方の夢」がそれを押しのけて居座ってしまった。あるいは、「明け方の夢」自身、自分が「超ストリング理論」の遠い喩翳だと思い込みたいのかもしれない。そこで、ごく簡単にこの理論について触れておく。この理論によれば、全宇宙は十一次元程度以上（うち十分に育ったのは四つの次元で、他の次元は「萎縮」してどこかに「巻きついている」らしい）の振動しているストリング、膜、小塊の調和振動から発生する。この理論の最大の利点は、ストリングの「輪」が存在し得る最小のサイズを措定するから、無限小を扱う必要がなく、したがって、相対論と量子論とを零（無限）を発生させることなく繋ぐことができるという点にある。一方、この理論はいまのところ、例えば時間や空間がそこではどうなっているか十分な説明ができない等、多くの不分明な事項をひきずっている。

（補注2）ジョン・D・バロウ／松浦俊輔訳『科学にわからないことがある理由』（青土社）の第六章の「要約」にもう少し決定的なことが書いてある。――「アインシュタインの重力理論が、我々の見ている宇宙を記述するという点で成果をあげたとはいえ、宇宙論の探究には根本的な限界が存在することもわかる。光の速さが有限であることによって〈宇宙〉は因果関係のつながりがないいくつかの部分に分かれる。〈宇宙〉についての情報は、光の速さが定める地平の内側にある領域からしか来ない。これによって我々には、〈宇宙〉全体の起源あるいは大域的構造についての根本的な問いに答えられない。それが無限なのかどうか、時間に始まりがあったのかどうか、そのエントロピーは小さな系と同様増大しているのか、〈宇宙〉は開いているのか閉じているのか。……相対性理論と量子力学という大理論が組み合わされば……今見えている宇宙についての説明が与えられるということはわかった。……しかし、〈宇宙〉は、今我々に知りうるものよりも大きいだけではなく、

＊4：H・U・フォン・バルタザール／九里彰訳『過越の神秘』（サンパウロ）第五章参照。

続・森から戻って

＊1：岳野慶作、ファン・ストラーレン編著『マルセル哲学の人間像』（中央出版社）。

＊2：E・バンヴェニスト／岸本通夫監訳『一般言語学の諸問題』（みすず書房）収録。

＊3：主として谷徹『これが現象学だ』（講談社現代新書）を参考にしている。

＊4：坂部恵『ヨーロッパ精神史入門――カロリング・ルネサンスの残光』（岩波書店）の中に、「ノミナリズムの思考に由来する（…）中立的な個」の「抽象性を破ろうとする思考の口火を切った」のがフッサールの「根源的な対関係（paarung）」という考え方で、このパールングというドイツ語の一番普通の意味は「交尾」だという示唆に富んだ記述がある。

夢の唄《ラルゴ》

＊1：近代以前は主観・客観の区分も曖昧で、その意味も何度も逆転している。

＊2：ラテン語の realitas には元々「実在的」という意味はなく、ある事物が実在するか否かにかかわりなく、事物の可能な事象内容を指す用語だった。

夢の中で

＊1：ここに書かれている物理学的、天文学的な事象の過半は、K・C・コール／大貫昌子訳『無の科学』（白楊社）を下敷きにしている。コールはロサンゼルスタイムスの女性物理科学記者。彼女が「足で書いた」本だから、物理化学的知識がなくても読める。良書と思う。

＊2：意外に思うかもしれないが保存則――エネルギー、運動量、電荷等の保存則がその例である。というのは、「無とは偏差（変化の率）ゼロ」（だから、何も知覚できない）と考えることができるから。

＊3：＊2を参照。

＊4：「場」を正確に説明するためには、かなりの紙数がいる。ここではある種の力が働いている比較的小域の時空間くらいに考えておいて頂きたい。

＊5：「不完全性定理」を正確に説明するためにも多くの紙数がいる。ここでは「自然数論を含む程度に複雑な数学システムを公理化する（そのシステムの全命題を導き出せる公理系をみつける）こと

注

浮島

＊：超越論的という言葉は周知のように様々な意味をもつ用語だが、ここでは経験可能な領域を超え出た認識というほどの意味を含ませてここにその用語を置いている。

森からの手紙

＊1：中村雄二郎『共通感覚論』（岩波現代文庫）など。

＊2：丸山高司『ガダマー——地平の融合』（講談社）参照。

＊3：アウグスティヌス／服部英次郎訳『告白』（岩波文庫）。なお、この件につき直接示唆を得たのは＊5の中のある一行であった。

＊4：斎藤慶典『フッサール　起源への哲学』（講談社選書メチエ）参照。

＊5：山田晶『在りて在る者——中世哲学研究第三』（創文社）。なお、当稿を書いている前後、ずっと当書を読み続けていた。

＊6：松本正夫『存在論の諸問題——スコラ哲学研究』（岩波書店）に収録。

＊7：上田閑照『エックハルト——異端と正統の間で』（講談社学術文庫）等を参照。

森から戻って

＊1：岳野慶作、ファン・ストラーレン編著『マルセル哲学の人間像』（中央出版社）、小河織衣『フランス現代思想の系譜』（駿河台出版社）等参照。ただし、私はマルセルを全面的に受け入れているわけではない。

＊2：川添信介『水とワイン——西欧13世紀における哲学の諸概念』（京都大学学術出版会）。

＊3：小河前掲書12、13頁に、マルセル特有の「感覚（sentir）」と「浸透的な参与（participation immergee）」についての挑発的で興味深い記述がある。

細い幹が（毛根とともに）　傍らの小川の縁へと垂れている

だが　糸毬にみえるものは　本当は　そこに群がっている小鳥達
ご覧　いま下枝の一つが　小鳥達の重みに耐えかねて水辺へと撓み
その上の小鳥達が　争ってその水を呑んでいる

薄闇に隈取られた夢の情景？　いや　それはみているときには夢ではなく
みている私もまた夢ではない　私の僅かな痛みがそのことを私に告げている
不意に一斉に小鳥達が飛び立つ　何処へ　私は知らない――あとには

痩せた幹と枝々が残る　恰も痛みが疼きに変り　深く留《とど》まるそのように

森の空地の一本の木

エピローグ

その森は　それほどに　深くはないが
絡み合う枝々越しに　光が差し込むそんな日でも
木々の足元　細《こまか》い葉末　下草などは　いつでも何故か濡れている

そして　そこへ行く径は　ずっと前から跡絶えていて
ただ　それを語る言葉だけが
いまでも　少しばかり　私達に残っている

森の中には　一箇所だけ　何もない空地があって
そこに一本の小さい木があり　糸毬のような枝葉から

だが　層なす闇の輝きは　いまだその姿を顕わさず
ドミネ　ミゼレーレ　ノビス　オ　ドミネ！

すでにして　私の左脚は激しく水面を切り裂いている

そもそも知りうるものよりも大きいのである。」

夢のつなぎ目

＊1：以下量子力学に関する記述は、B・デスパニャ／亀井理訳『量子力学と観測の問題――現代物理の哲学的側面』（ダイヤモンド社）や村上陽一郎『ハイゼンベルク』（講談社学術文庫）に多くを負っている。

＊2：以下の議論はほとんどすべてを、黒崎政男『カント『純粋理性批判』入門』（講談社選書メチエ）に負っている。また、いちいち断らないが、引用文の大半は同書による。

＊3：坂部恵『ヨーロッパ精神史入門――カロリング・ルネサンスの残光』（岩波書店）参照。

＊4：immaginatio が知覚と思念を媒介する機能だということは、言語の問題に関しては古くからそう考えられていたようだ。例えば、津崎幸子『「内なることば」の研究――トマス・アクィナスにおける「神の言」との関係において』（岩波出版サービスセンター）参照。

＊5：＊2に同じ。

森での日々

i　夏の昏さ

＊1：シンポジウム報告論集『生の哲学の彼方――ベルクソン『道徳と宗教の二源泉』再読』（東京大学大学院人文社会系研究科）。

＊2：木田元『メルロ＝ポンティの思想』（岩波書店）。

＊3：アンリ・ベルクソン／合田正一、松本力訳『物質と記憶』（筑摩書房）の訳者あとがき。

＊4：68―69頁。

＊5：＊1掲載、瀧一郎「『二源泉』とアナロジーの美学」参照。

＊6：私の貧しい読みでは次のような訳となる。理性→真理、知性＋直観→真実（絶対の真理）神は真理ではなく、真実である。

＊7：『哲学キーワード事典』（新書館）の「直観」（村岡晋一）の項参照。ここでは、完全な知的な直観＝「原型的直観（intuitus orginarius）」、感性的な直観＝「派生的直観（intuitus derivativus）」と記述されている。

＊8：＊5　60頁。

＊9：indefinite は「確立されない」というほどの意味であるが、C・S・パースによって深い意味を与えられている。（坂部恵『ヨーロッパ精神史入門――カロリング・ルネサンスの残光』（岩波書店）第七講参照のこと。）

＊10：『哲学キーワード事典』（新書館）354頁（中村昇）。

（補注）この作品は、多くのものを中村弓子氏に負っている。ただし、氏の主テーマであるキリスト教心身論とベルクソン心身論には、触れることができなかった。

ii　午餐

＊1：中村弓子『心身の合一――ベルクソン哲学からキリスト教へ』（東信堂）。

＊2：山内志朗『ライプニッツ――なぜ私は世界にひとりしかいないのか』（NHK出版）27頁。

iii　ライプニッツの庭

＊1：山内志朗『ライプニッツ――なぜ私は世界にひとりしかいないのか』（NHK出版）80―81頁。

＊2：デカルト（一五九六―一六五〇）、ライプニッツ（一六四六―一七一六）。

＊3：下村寅太郎『ライプニッツ』（みすず書房）。

＊4：山内前掲書24頁。

＊5：「夢のつなぎ目」参照。

＊6：坂部恵『ヨーロッパ精神史入門――カロリング・ルネサンスの残光』（岩波書店）。

＊7：山内前掲書100頁。

＊8：山内前掲書81頁。

＊9：植物の位置がはっきりしないが、一応「無機物」に分類しておく。

（補注）個々には挙げていないが、ライプニッツへの接近としては下村前掲書のほか、佐々木能章『ライプニッツ術』（工作舎）に負うところも大きい。

塔の中で

i　シクラメン

＊1：クラウス・リーゼンフーバー『西洋古代・中世哲学史』（平凡社ライブラリー）では、この断片45は「君は道行くことについてはついに塊の終端《きわみ》（限界）を見出すことはできないだろう、いかに君があらゆる途にそって旅をしようとも。それは、それほど深い規矩《ロゴス》をもっているのだ」と訳されている（33頁）。坂口ふみ『ヘレクレイトスの仲間

たち』（ぷねうま舎）でも似たように訳されている（20頁）が、ここに引いたのは、坂口氏による要約（38頁）の方である。

*2：坂口前掲書40頁。以下、個の問題については、いちいち断らないが、同書に負うところは大きい。

*3：リーゼンフーバー前掲書104頁。

*4：坂口前掲書89頁。なお、今道友信『アリストテレス』（講談社学術文庫）では、同じ箇所と思われる部分が次のように訳されている（270頁）。「プシュケーとは、可能的に生命（ゾーエー）を持つ自然的物体の第一の完全現実態（エンテレケイア）である。」

*5：坂口前掲書38頁。

*6：今道前掲書277―278頁参照。

*7：小倉貞秀『ペルソナ概念の歴史的形成』（以文社）27頁。なおペルソナ概念については、非常に多くを当書に負っている。

*8：小倉前掲書43―44頁ほか。

*9：このあたりの議論は、『哲学キーワード事典』（新書館）の編者木田元に負うところが大きい。39頁、52頁等々。

*10：この点については注釈を要する。坂口ふみ『〈個〉の誕生』（岩波書店）115―124頁を参照すれば、ヒュポスタシスが元々このような意味をもっていたのではなく、長い論争を経てこの「語義」に落ち着いたというのが本当らしい。元々は液体と固体との間のどろどろしたものの沈澱を意味し、転じて「非存在から存在があらわれてくる（「存在を得る」という意味）」、基礎、存在の源泉へと意味が、拡がるが、いずれも動的なものとの意味合いは残している。そして、やがて実体（スブスタンティア）、現実存在、現実性等をもその意味にかかえ込む。また、古くからウーシアと同義的に扱われていて、特にプロティノスはウーシアの意味圏のうち、現実存在性、リアリティを強調する場合にこの言葉を使っている由（例：ウーシアのヒュポスタシス（存在のリアリティ））である。一方、ペルソナが本来もっていた役割、人称などという意味が、ヒュポスタシスに逆流したということも当然考えられるだろう。

*11：小倉前掲書43頁を参照。

*12：小倉前掲書87―90頁を参照。なお、アリストテレスの実体定義については、例えば、今道前掲書350―352頁を参照。

*13：質料と形相とによって複合された事物においては、本質は基体と全く同一ではない。それゆえ本

質は基体の述語とはならない。例えば「ソクラテスは一つの人間性である」とは言われない（小倉前掲書89頁）。

＊14：小倉前掲書91頁。

＊15：坂口ふみ『信の構造』（岩波書店）参照。当書に接したのがごく最近のことだったので追加したここでの記述はいささか雑然としている。本来なら、『信の構造』『ヘラクレイトスの仲間たち』と読んでいれば、もう少し判り易く要約ができたはずで、この点をお許し頂きたい。

ii　目路

＊1：小倉貞秀『ペルソナ概念の歴史的形成』（以文社）134頁。

＊2：坂口ふみ『ヘラクレイトスの仲間たち』（ぷねうま社）165頁。

＊3：木田元編『哲学キーワード事典』（新書館）198頁。

＊4：坂口前掲書171―173頁。なお、アウグスティヌス『三位一体論』10巻に、「（精神は）自己を問い求めるもの、知らないもの、として知っている」という記述がある由である。

＊5：小倉前掲書136頁。

＊6：木田前掲書144、196―200頁。

＊7：滝浦静雄『「自分」と「他人」をどうみるか』（NHKブックス）18頁。

＊8：竹田青嗣他『現代思想・入門』（宝島社）59頁。

＊9：雑誌「るしおる」51・52号の「誤読の飛沫」15・16をご参照下さい。

＊10：このあたりのフッサールに関する記述は、殆どを滝浦前掲書に負っている。

＊11：斎藤慶典『フッサール　起源への哲学』（講談社選書メチエ）後半部参照。

＊12：木田前掲書175頁。

＊13：滝浦前掲書74頁。

＊14：滝浦前掲書68―78頁。

＊15：斎藤前掲書。

塔と森との間で

＊1：後になって、「跪いて」でやや詳しくみるように、アンドレ神父の言によれば、「私」は三様にみられ得る。垂直性としての（Je）、水平性としての（Moi）、そして事実性としての（Ce）、「私」の三様である。したがって、「私」と係わる「他者」も、それに応じて三様にわかれることになる。

＊2：ここの議論はいささか大雑把すぎてあやうい。

この点は後で、「ド・リュバク」を扱う箇所でやや詳しくみていく。

＊3：しかし、こうしたことを記述したり考えたりする言葉は、言葉そのものの錯綜をそこにまぜ込んでもくる。例えば、「知る」という言葉の使われ方で判るように、この言葉は「合一」によって完了する意味内容をもっている。しかも、その使われ方は、「それが木だと知った（判った）」、「その女を知った（交わった）」というように、古い使われ方では、言語系と身体系とを横断しているのである。

＊4：極端な例だが、カール・ラーナーは、後で彼を扱う箇所でみるように、人間を全宇宙の「意識の部分」だと考えていた。

塔と森との間で（補遺）

＊1：滝浦静雄『「自分」と「他人」をどうみるか』（NHKブックス）と檜垣立哉『子供の哲学』（講談社選書メチエ）。拙文の前半は前者に、後半は後者に殆どを負っている。

＊2：滝浦前掲書III—2参照。

＊3：滝浦前掲書138頁。ただし、滝浦自身の用語では「原本体験」となっている。また、引用文も文脈に合うように相当手直ししている。

＊4：滝浦前掲書151頁。

＊5：滝浦前掲書170〜173頁。

＊6：滝浦前掲書174〜175頁。

＊7：檜垣前掲書。

＊8：檜垣前掲書43頁よりの孫引き。

＊9：檜垣前掲書48頁。ただし、一部書きかえ。

＊10：檜垣前掲書118頁。なお、このあたりの西田の考え方は、微妙に教父達の考え方と交錯しているようにもみえ、悩ましい。後述「ド・リュバク」参照。

＊11：檜垣前掲書101頁、110頁参照。

＊12：檜垣前掲書96頁。

＊13：檜垣前掲書127頁。

＊14：檜垣前掲書127頁。

＊15：檜垣前掲書152頁。

＊16：檜垣前掲書152頁。

幻の塔

＊1：ファーガス・カー／前川登、福田誠二監訳『二十世紀のカトリック神学——新スコラ主義から婚姻神秘主義へ』（教文館）。

＊2：檜垣立哉『ドゥルーズ』（NHK出版）。

＊3：小泉義之『ドゥルーズの哲学』（講談社現代新書）第二章。

＊4：アンリ・ド・リュバク／小高毅訳『カトリシズム――キリスト教信仰の社会的展望』（エンデルレ書店）。なお、当書については、後でやや詳しく取り扱う。

森の幻

i　跪いて

＊1：クラウス・リーゼンフーバー『西洋古代・中世哲学史』（平凡社ライブラリー）190頁。

＊2：ヨゼフ・ラッチンガー／小林珍雄訳『キリスト教入門』（エンデルレ書店）。なお当書は第二バチカン公会議を経て、主流となってきた考え方に基づいて書かれている。

＊3：J・P・サルトル『存在と無』が出典のはず。

＊4：ラッチンガー前掲書38頁。

＊5：伊藤勝彦『パスカル』（講談社現代新書）第3章参照。

ii　ぬかるむ小径

＊1：H・U・フォン・バルタザール／九里彰訳『過越の神秘』（サンパウロ）198頁。

＊2：教皇ベネディクト十六世回勅『神は愛』（カトリック中央教議会）。

＊3：稲垣良典『トマス・アクィナス「存在《エッセ》」の形而上学』（春秋社）。

＊4：稲垣前掲書24頁。

＊5：稲垣前掲書187頁。

＊6：あたかも時間と永遠との関係のように、「この世」と「神の国」（「霊的空間」）とは、重なりながら隔絶しているとでも言うべきか。

＊7：「夢のつなぎ目」参照。

＊8：例えば、深淵が「虚無」の中に吸い出される場合、そこには理性や感性を従えながら上昇を続ける「宇宙樹」のごとき姿が望見されるのではあるまいか。

＊9：ペリコレーシスは本来は三位一体の三つの位格の相互関係に用いられる概念（言葉）で、それぞれの位格がそのまま保たれたまま、他の二格と生命を共にする（相互浸透しあう）ことを意味する。ところが、私の悪夢では、ペリコレーシスは無数の隣人間の愛の様態にも及び、たがいに食《は》みあう蝮《ウロボロス》の巣窟が三位のペリコレーシスに食らいつこうと無数の鎌首をもちあげる形態となって――

勿論、これは私の罪の深さの故であろうが——私を長い間苦しめていた。

＊10：聖トマスの聖体を称える歌に「毎年この世が最もうるわしい時節・春と夏とが相逢うのとき」という詩句がある由である（稲垣良典『トマス・アクィナス』（講談社学術文庫）177頁）。

＊11：中村鐵太郎氏の名著（と私は思っている）『詩について——蒙昧一撃』（書肆山田）の題名をあえて借用する。

＊12：ここではいったん「主から」、「私から」という二方向性は否定される。しかしながら、後でみるように、主が私（達）に「私（達）から」という見方を植え込み給い、それを許し給うとすれば、二方向性は再びよみがえり得るだろう、たとえそれが議論を簡略化するためであったとしても。

iii　小径の先

＊1：このことは、稲垣良典『トマス・アクィナス「存在《エッセ》」形而上学』（春秋社）を読めば納得できるように思われる。

＊2：ファーガス・カー／前川登、福田誠二監訳『二十世紀のカトリック神学——新スコラ主義から婚姻神秘主義へ』（教文館）第二章参照。

＊3：カー前掲書第二章参照。

＊4：標準的な見方では、パウロ神学は「深い原罪意識をふまえた福音主義神学」であり、ヨハネ神学は「ギリシャ思想をふまえた（愛の）普遍主義神学」とされている。新井智『聖書』（NHKブックス）第九章による。詳しくは、当書を参照願いたい。小冊子だが判り易いと思う。

＊5：カー前掲書134頁。

＊6：ある宗教学者は、わが国に決定的にキリスト者が少ない理由として、仏教の普及による苦の意識の徹底と罪の意識の欠乏を挙げている。

＊7：少し異なった「読み」をすれば、——主は「愛する者」の口には甘美だが、その私秘性は最深部では必ず破れる、とも解せられよう。

森が動くとき

i　森の疑い

＊1：坂口ふみ『信の構造』（岩波書店）。特に「I　信の構造——キリスト教文化の古層についてのエッセー」。

＊2：坂口前掲書93頁。

＊3：坂口前掲書66頁。

＊4：坂口前掲書68頁。

ii　揺れ動く森（上）

＊1：ド・リュバクのトマス解釈を参照。
＊2：ファーガス・カー／前川登、福田誠二監訳『二十世紀のカトリック神学——新スコラ主義から婚姻神秘主義へ』（教文館）。
＊3：カー前掲書174頁。
＊4：アンリ・ド・リュバク／小高毅訳『カトリシズム——キリスト教信仰の社会的展望』（エンデルレ書店）。
＊5：以下はド・リュバク前掲書の頁数。
＊6：ド・リュバクによれば、神秘体は元々ミサのときに拝受する聖体を意味したが、後、教会（エクレシア）を指すようになった由。これについては論争がある。
＊7：ド・リュバクの「ペルソナ」にはいろいろな訳語があてられているが、個々の存在者、人格性の訳語が多いように感じる。

iii　揺れ動く森（中）

＊1：カール・ラーナー／百瀬文晃訳『キリスト教とは何か——現代カトリック神学基礎論』（エンデルレ書店）。
＊2：以下［　］内は訳者百瀬氏による注釈。
＊3：以下（高柳）とあるのは、高柳俊一『カール・ラーナー研究』（南窓社）の「はじめに」の用語解説から引いている。

iv　揺れ動く森（下）

＊1：H・U・フォン・バルタザール／九里彰訳『過越の神秘』（サンパウロ）。
＊2：西牧師（謝辞参照）から頂いたコピーによっているため、掲載誌の号数は把握していないが、論文の題名は次の通り。「バルタザールの神学的美学——栄光の神学の根底、構造と展開」、「演劇学としての救済史の神学——バルタザールの『神の演劇学』」、「三位一体の神と神学論理学——ハンス・ウルス・フォン・バルタザールのヨハネ中心的神学」。
＊3：ファーガス・カー／前川登、福田誠二監訳『二十世紀のカトリック神学——新スコラ主義から婚姻神秘主義へ』（教文館）211—214頁。
＊4：『過越の神秘』の「訳者あとがき」によれば、四つのケノーシスがあるとされている。即ち、創造のケノーシス、受肉のケノーシス、十字架のケ

ノーシス、そして「本書にはそのような表現はないが」（320頁）、第四の「陰府への下降」のケノーシスの四つである。

謝辞

東京大学名誉教授、英知大学名誉教授　故今道友信先生に
　私の唯一の師として。

イエズス会　アンドレ・デルヴィル神父
並びに　早稲田大学准教授　檜垣樹理さんに
ドミニコ会　ヴィセンテ・アリバス神父に
　愚鈍な私に常に変らず懇切なご指導を賜ったことに対して。

改革派神戸灘教会　西牧夫牧師、あゆみご夫妻に
　無二の学友として、また英知大学の図書館を失い、途方にくれていた私に、様々な文献の紹介、ご提示を頂いたことに対して。

今野和代さんに
　常に献身的に私を支え続けて頂いたことに対して。

思潮社の小田久郎社主、髙木真史さんに
　およそ読者をみいだし難いだろう当書の刊行をお引受け頂いたことに対して。

（第一詩集と最終詩集とが同一出版社を経ることにより、途中の全詩集が一つの巨大な作品群として立ちあがる、そのことを私は長い間夢みてきたのです。）

ほかにも数多くのお名前を挙げねばならないでしょうが、あと一人だけ。

瀬尾育生さんに

六年ほど前この森でごいっしょした数時間がなかったなら、当書が成立することは、多分、なかったでしょうから。

岩成達也

二〇一五年九月、夕闇が迫る、森の小屋にて

著作一覧

詩集

『レオナルドの船に関する断片補足』思潮社　一九六九
『燃焼に関する三つの断片』書肆山田　一九七一
『徐々に外へ・ほか』思潮社　一九七二
『現代詩文庫58　岩成達也詩集』思潮社　一九七四
『マイクロ・コズモグラフィのための13の小実験』青土社　一九七七
『中型製氷機についての連続するメモ』書肆山田　一九八〇
『〈箱船再生〉のためのノート』書肆山田　一九八六
『フレベヴリイ・ヒツポポウタムスの唄』思潮社　一九八九
『フレベヴリイのいる街』思潮社　一九九三
『「鳥・風・月・花」抄』思潮社　一九九八
『(ひかり)、……擦過。』書肆山田　二〇〇三
『みどり、その日々を過ぎて。』書肆山田　二〇〇九
『(いま／ここ)で』書肆山田　二〇一〇

評論

『擬場とその周辺』思潮社　一九七三
『詩的関係の基礎についての覚書』書肆山田　一九八六
『私の詩論大全』思潮社　一九九五
『詩の方へ』思潮社　二〇〇九
『誤読の飛沫』書肆山田　二〇一三

森《もり》へ

著者
岩成《いわなり》達也《たつや》

発行者
小田久郎

発行所
株式会社 思潮社

〒一六二―〇八四二 東京都新宿区市谷砂土原町三―十五
電話〇三（三二六七）八一五三（営業）・八一四一（編集）
FAX〇三（三二六七）八一四二

印刷所
創栄図書印刷株式会社

製本所
小高製本工業株式会社

発行日
二〇一六年四月三十日